ベリーズ文庫

恋華宮廷記

〜堅物皇子は幼妻を寵愛する〜

真彩 -mahya-

STARTS
スターツ出版株式会社

目次

壹《いち》　降って湧いた縁談

一寸先も見えない暗い馬車の中で、徐鳴鈴《じょめいりん》は膝を抱えて震えていた。

実家が用意した馬車は簡素で、かろうじて箱型にはなっているが、急ぐとひどく揺れるため、危なくて火を灯せない。

（こんなに遅くなってしまうなんて）

皇帝の後宮にいる遠い親戚――母のまたいとこである彼女は、皇帝の側妃のひとりで名を翠蝶《すいちょう》徳妃という――を訪ね、おしゃべりに夢中になっているうちに日が暮れてしまった。

実家からの贈り物を届けてすぐ帰るはずが、後宮の見事な庭を散策し、最高級の茶葉を使ったお茶や、珍しい菓子をごちそうになり……。持参した横笛をお礼に披露すると、翠蝶徳妃は手を叩《たた》いて喜び、もっともっと、とねだられるうちにこんな時間に。

（早く屋敷に着かないかしら）

暗くて狭い空間に閉じ込められていると、理由もなく怖くなってくる。それに、だんだんと寒くなってきた。

鳴鈴が手をこすり合わせると、体が不意に大きく揺れる。

「きゃあ！」

馬の嘶《いなな》きが聞こえる。急停止した馬車の中から顔を出し、外を見た鳴鈴は卒倒しそうになった。

自分の馬車の周りを、見知らぬ男たちが取り囲んでいる。月明かりしか頼るものがないため、彼らの顔ははっきりしない。しかし、その者たちが手に握る剣の切っ先はやけに光って見えた。

馬を落ち着かせようとする御者。それぞれ馬に乗った五人の護衛が、鳴鈴の乗っている車箱に近づく。

「姫様、顔を出さないでください！」

侍従の緑礼《りょくれい》が鳴鈴の肩を押し、箱の中に戻した。

緑礼は鳴鈴と同じ十八歳。丸襟の長袍《ちょうほう》に身を包んだその凛々《りり》しい若者は、すらりと自らの剣を抜く。

最近は帝都の治安が悪いと聞いたことがある。だけど、帝城からそう離れていない実家までの道のりで、まさか自分が賊に襲われることになろうとは、鳴鈴は予想もしていなかった。

周りには竹藪《たけやぶ》があるだけ。民家も、貴族の屋敷もない。助けを求めるのは不可能そうだ。

「何者だ。何を求める」

緑礼の問いに、賊は答えない。何も要求しない代わりに、言葉にならない叫び声を上げ、鳴鈴の乗っている馬車との距離を一斉に詰めてきた。

すぐそばで賊と護衛たちの剣が交わる音を聞き、鳴鈴は震えていた。どうすればこの場を切り抜けられるか、必死で考える。

（そうだ、お金を渡せば帰っていくかも）

とはいえ、持ち合わせは少ししかない。自分が身につけている宝飾品を差し出すしかなかろうと決断して、耳飾りを外そうとした鳴鈴の腕を突然、後簾《あとすだれ》から突き出た何者かの手が掴《つか》んだ。

「ああっ！」

抵抗する術《すべ》もなく、車箱から引きずり降ろされる。地面に転がった鳴鈴の目に映ったのは、馬から降りて必死に賊と戦う護衛たちの姿だった。

「子供か……たまにはいいだろう」

顔を布で隠した男の姿が、月明かりに照らされる。表情の見えない不気味な姿は、鳴鈴の全身を粟立《あわだ》てた。

左右の耳の上から輪を垂らした垂桂髻《すいけいけい》に結い、桃色の襦裙《じゅくん》を着た自分が子供と言われるのは仕方ない。そんなことを気にしている余裕もない。しかし追い込まれたこの状況で鳴鈴は、ある違和感を覚えた。

（あら……？）

賊といえば、薄汚い格好をしているものだと思っていた。しかし目の前の男が着ているのは、袖がほっそりとした上衣。下には幅の狭い袴《はかま》、腰に革帯。流行の胡服《こふく》だ。持っている剣は刃こぼれひとつなく、柄《え》には彫刻が施されている。

顔を見てやりたいが、男の目から下はしっかりと布で隠されているので、それは叶《かな》わない。

「連れていくぞ！」

掴まれていた腕をぐいっと引っ張られ、立たされる。ふらりとよろけると、がしりと腰に手を回され、男の肩に担がれてしまった。

「姫様っ！」

緑礼が駆け寄ろうとするが、周りの賊がそれを邪魔する。彼らは黒ずくめで、全員顔を隠していた。

「嫌っ、放して！　緑礼、緑礼っ」

胡服の男が駆け出す。必死で助けを呼ぶ鳴鈴を嘲笑《あざわら》い、賊たちが護衛たちとの戦闘をやめ、駆け寄ってくる。

「一歩でも動いてみろ。お姫様を殺してやる」

鳴鈴に切っ先を突きつけられれば、護衛たちは追うこともできない。

このままどこかに連れ去られてしまうのか。想像しただけで鳴鈴は震える。

（お願い、誰か……誰か助けて！）

鳴鈴が強く祈ったとき――。放置された馬車の背後にある竹藪から、馬の嘶きと共にひとつの光が飛び出した。

いや、光に見えたそれは、成熟した白馬だった。化け物じみた跳躍力で土を蹴り、鳴鈴の馬車を飛び越える。

「なんだ⁉」

賊たちが叫んで何歩か退く。その前に、白馬は軽やかに下り立った。

雲が晴れて明るさを増した月光に照らされた白馬の乗り手の姿に、その場にいる者全員が息を呑《の》む。

「娘から手を放せ、賊ども」

低いが、若々しくハリのある声。暗闇で顔ははっきりしないが、折り返し襟の胡服に、袖がなく裾の長い外衣を着ている。後頭部で結んだ長い黒髪が風になびいていた。

「何を……。相手はたったひとりだ。やっちまえ！」

鳴鈴を担ぐ男が叫んだ。賊たちが一斉に剣を構え、白馬からひらりと降りた男に向かっていく。

(誰なの？)

賊は全部で十人はいる。たったひとりで立ち向かうのは無理だ。

賊の刃が振り下ろされた瞬間、思わず鳴鈴は目を瞑《つぶ》った。しかし――。

「うわああっ！」

聞こえてきたのは、賊の野太い悲鳴だった。金属同士がぶつかり合う音が聞こえ、鳴鈴はおそるおそる目を開ける。

彼女の目に映ったのは、まるで剣舞のように華麗に剣を振るう男の姿だった。

無駄な動きが一切ない。四方八方から押し寄せてくる敵の刃を受け、あるものは流し、あるものは跳ね返す。そして舞うように敵の懐に入り込み、ぐるりと回転しながら斬りつける。

「なんだと……！」

鳴鈴を担いでいる賊が呻《うめ》いた。彼女が見とれているうちに、男は他の賊を全員倒してしまったのだ。といっても殺したわけではなく、怪我《けが》を負わせて一時的に動けなくしただけのようだ。

「く、くれてやるっ」

「きゃあっ」

敵《かな》わないと悟ったのか、鳴鈴を男の方に投げ出し、最後の賊は逃げ出した。なんとか動けるようになった賊の仲間たちも、彼に続いて逃げるように駆けていった。

男のたくましい腕にがしりと支えられた鳴鈴は、ゆっくりと顔を上げる。

「あ……」

恩人の顔を間近で見て、声を失う。胸をわし掴みにされたようで、呼吸さえ忘れた。

きりりとした眉。切れ長の瞳に長いまつ毛。高い鼻に形のいい唇。眉目秀麗という言葉は、この男のためにあるのではないかと思うほどだ。

「早く帰りなさい。屋敷はどこです」

にこりともしない厳しい顔で見つめられ、鳴鈴は我に返って恐縮する。

「すぐそこの徐家の屋敷です。どうか、お立ち寄りください。お礼を……」

なけなしの勇気を振り絞ったつもりの鳴鈴だったが、男は首を横に振る。

「礼には及びません」

彼は鳴鈴を立たせ、自らの外衣を脱いで着せる。外衣は長く、鳴鈴が着ると裾が地面についてしまう。

「姫様っ」

近くに駆け寄ってきた緑礼を警戒するように、男は無言で鳴鈴に背中を向けてしまった。立ち去ろうとするその男に、慌てて声をかける鳴鈴。

「お待ちください、せめてお名前を」

男はわずかに振り返り、再び首を横に振る。何も言わずに白馬に跨《またが》ったかと思うと、風のように走り去ってしまった。

その姿を、魂が抜かれたように立ちつくして見つめる鳴鈴を馬車に乗せ、護衛たちは一目散に徐家の屋敷を目指す。

（素敵な人……。いったいどこのどなたかしら）

着せられた紺色の外衣は、よく見ると、細やかな紋様が染め抜かれている。材質は絹で、上等なもののようだ。

温かいそれにすっぽりとくるまっていると、まるであの男に抱かれていると錯覚しそうになる。

（また会いたい）

鳴鈴は高鳴る胸の前で、ぎゅっと外衣を掻《か》き抱いた。

賊に襲われた夜から数日。鳴鈴は何度目になるかわからないため息をついた。

「ねえ緑礼、あのお方の正体はまだわからないの？」

近くに座る緑礼に尋ねるのも、もう何度目だろう。

「申し訳ありませんが」

緑礼が呆《あき》れた顔で鳴鈴を見る。

あの夜、鳴鈴は屋敷に帰るとすぐ、恩人である美男の素性を調べるように護衛や侍従に依頼した。手がかりは男が残していった外衣一枚。

護衛たちは美男の姿を見ているので、用事で外に行くたびに似ている男がいないか気をつけているようだが、今のところ成果は出ていない。

あの男は誰なのだろう。あの夜以来、舞うように剣を振り、自分を助け、抱きとめた美男のことを想わない日はない。

彼のことを想うと胸が熱くなる。鳴鈴にとって初めての感覚。これが恋なのだと自覚するのに、時間はかからなかった。会えないと思うと余計に恋しさが増すばかり。

「やっぱりお父様に事情を話すしかないわね」

帰宅が遅れた理由はもちろん話してある。正体不明の美男に助けられたことも。しかし、鳴鈴が彼に恋をしてしまったことは話していない。

鳴鈴の父は帝城に勤める官吏。頻繁に外出するため、あの美男にばったり会うこともあるかもしれない。

外衣の上等さから見るに、きっと彼は身分の高い人なのだろう。夜にお供もつけずに出歩いていたことを考えると、皇族ではなさそうだ。

（あんなに強いのだから、武官かもしれない。貴族であれば身分的には問題ないわ。いきなり縁談を取りつけることはできなくとも、お見合いとか……）

そこまで思い至って、妄想が暴走していることに気づいた鳴鈴は、勢いよく首を横に振った。

（何を考えているの、私！　気が早いってば）

ひと目会ってお礼を言いたい。これだ。この理由ならば、厳格で過保護な父も協力してくれるかもしれない。

ひらめいた鳴鈴は、ちっとも読み進まない書物を置き、立ち上がった。そのとき。

「失礼します、姫様」

ひとりの侍女が部屋の戸を開けた。鳴鈴の世話をする侍女ではない。父に仕えている人だった気がする。

「ご主人様がお呼びです」

「まあ。私もお父様にお会いしたかったの。ちょうどよかった！」

るんるんと軽い足取りで主人の間に向かう鳴鈴のあとを追い、緑礼は密かにため息をついた。

そして主人の間に入った鳴鈴を待っていたのは、普段着の両親だった。父は帝城へ参内するときは、黒い袍服につばさを広げた襆頭《ぼくとう》をつけていくのだが、屋敷にいるときはゆったりとした漢服をまとっている。

「お呼びでしょうか、お父様」

挨拶をした鳴鈴に、向かいの席に座るように促すと、父は早速本題を切り出す。緑礼は鳴鈴の後ろに立っている。

「呼び出したのは他でもない。とうとうそなたにも縁談がきたのだ。めでたいことだ」

「えっ……」

にこにこと微笑《ほほえ》む父の丸い顔を、鳴鈴は大きな目をますます大きくして、見つめ返した。

ここ崔《さい》の国では、幼い頃から許嫁《いいなずけ》がいる者も珍しくない。ほとんどの女子は十五歳頃から縁談が届き始める。だが鳴鈴には、十八歳になる今まで、縁談がきた試しがなかった。

焦り始めた父があちこちに鳴鈴の姿絵を持っていき、見せて回っているのは本人も知っていた。けれど、現実に忠実に描かれたそれは、世の男性の興味を引けなかったようだ。

原因は鳴鈴の見た目だ。小さい顔で、大きな丸い目に主張しない鼻。背は低く、胸は小ぶり。そのせいで実年齢よりも若く見えてしまう。

醜い娘ではない。むしろ可愛《かわい》らしいのだが——この娘を娶《めと》ったら、幼女趣味だと思われる。

そう世間で言われていることまでは、鳴鈴は知らない。ただ、自分に色気がないことは自覚していたし、それが理由で縁談がこないのかも、と考えなくはなかった。

「翠蝶徳妃様が、あなたをいたくお気に召してくださってね。いい縁談を授けてくださったのよ」

母の説明を聞いているうちに、めまいが鳴鈴を襲った。確かに翠蝶徳妃とは話が合い、とても楽しい時間を過ごした。でも、でも。

(余計な気を使わないでよ、翠蝶徳妃様！)

一度も縁談がきたことのない鳴鈴を哀れに思ったのかもしれないが、余計なお世話というものだ。調子に乗って笛なんか吹くのではなかった。

鳴鈴の心は、危ないところを救ってくれたあの美男に奪われっぱなしであり、他の男に嫁ぐなど、とても考えられない。

「お、お断りいたします」

小さな反論に、両親の動きがぴたりと止まった。今まで反抗などしたことがないひとり娘の口から出たセリフが、信じられないという顔で。

「私、お慕いしている方がいるので……その方以外には嫁げません」

「なんだと。それはどこの誰だ」

眉をつり上げた父に、鳴鈴は素直に事情を話した。

「なんだ、誰かもわかっていないのじゃない。それを恋とは言えないわ。だって、お話ししたこともないのでしょう？」

母は安心したようにころころと笑い、侍女が運んできた茶をすすった。

「でも……」

「危機に遭ったとき、胸が異常に高鳴って苦しくなるでしょう。それを恋と勘違いしているのよ」

そういうものだろうか？　鳴鈴はわからなくなってきた。

（でも、今もあのお方の顔を思い出すだけで、胸が苦しいのに）

これが恋でないと言うのなら、いったいなんなのか。

「とにかく、徳妃様のくださった縁談だ。ということは、主上《おかみ》の勅命と同じと思わねばならん」

「嫌です」

「鳴鈴、あなたももう子供じゃないのよ」

「嫌ですっ。あの方ともう一度会うまでは……」

駄々をこねる鳴鈴の前の机を、父の拳が思いきり叩いた。その場にいた者たちの肩が震える。

「翠蝶徳妃様に、後ろ足で砂をかけるつもりか！　そのようなことをしたら、徐家はおしまいだ。主上は翠蝶徳妃様を、皇后陛下と同等にご寵愛なさっているのだから」

指の先から冷たく凍っていく感覚に囚われる。自分にその縁談を拒否する権利など、初めからないのだと思い知らされた鳴鈴は、唇を噛《か》んだ。

自分が翠蝶徳妃のもたらした縁談を拒めば、父が帝城で冷遇されるようになる。徐家が繁栄していくか、衰退していくかが自分の選択にかかっている。

そう言われたら、今までみたいに勢いよく『嫌だ』とは言えなくなってしまった。

「……ちょうど七日後、帝城で重陽節《ちょうようせつ》の宴がある。翠蝶徳妃様はそこで、お相手とそなたを合わせてくださる。婚儀は三ヵ月後の予定だ」

「そのお相手とは、どなたなのでしょう」

諦め半分で鳴鈴は尋ねた。

「驚くなかれ。なんと第二皇子星稜王《せいりょうおう》こと、向飛龍《こうひりゅう》様だ」

皇子は皇帝に領地を与えられ、その地を治める王と呼ばれる。第二皇子は星稜という土地の王だから星稜王。

「本当なら皇太子殿下がよかったけれど、贅沢《ぜいたく》は言えないわよね」

ほほほと笑う母。反対に鳴鈴はちっとも面白くない。あの美男でなければ、皇太子でも皇子でも一緒だ。

笛しか特技のない自分が、女性だらけの後宮でうまく立ち回れるとも思わないので、皇子の方でよかったと考えるしかない。

（星稜王、向飛龍様……確かとっても強い武将で、いいお年なのに独身なのよね。無愛想な堅物……だっけ？）

貴族の娘たちが集まる場所で噂《うわさ》を聞いたことがあるくらいで、興味がなかったので姿絵さえ見たことはない。

確か年齢は二十九。鳴鈴より十一歳上。いい年なのに正妃さえいないというのだから驚きだ。皇子たちは多くの子孫を残すことが好ましいとされる。なので、早ければ二十歳から、遅くとも二十五歳までには結婚することが多いというのに。

（武将として勇名を馳《は》せているのに、まだお妃がいないなんて、何かとんでもない欠陥があるに違いないわ）

心の中で翠蝶徳妃を恨む鳴鈴だった。どうしてそんな変わり者に自分を嫁がせようと思ったのか。

「衣装はこういうときのためにと思って用意してある。お前はよく書物を読み、勉強しておけ。舞と琴の稽古も忘れずにな」

「ちょっと童顔だけれど、あなたは可愛いわよ。自信を持って」

両親はおとなしくなった鳴鈴に満足そうな笑顔を向け、言いたいことを言う。鳴鈴は黙ってうなずくと、主人の間を辞した。

「姫様……」

さすがに気の毒になったのか、緑礼が心配そうに鳴鈴の顔を覗《のぞ》き込む。その大きな瞳には、今にも零《こぼ》れ落ちそうな涙が溜《た》まっていた。

「仕方ないわよね……そうでしょう？」

自分が嫁がなければ、徐家が落ちぶれてしまう。頭ではわかっているのに、心は受け入れられないでいる。

肩を震わせて泣き始めた鳴鈴を、緑礼がそっと引き寄せる。鳴鈴は遠慮なく、その胸に顔をうずめて嗚咽《おえつ》を零した。


それから七日後。

鳴鈴は泣きはらしたまぶたを侍女に冷やされ、いつもより大人っぽい化粧を施されて、帝城へ赴いた。

いつもは素顔に近い状態でいることを好んでいた鳴鈴だが、今日ばかりはそうもいかない。目の周りを黒く縁取り、目尻を薄紅色に染めた。真紅の口紅が小さな唇を花びらのように彩る。

馬蹄《ばてい》を模した元宝髻《げんぽうけい》に結った髪には、金と瑠璃が連なった飾りを巻きつけ、おそろいの耳飾りをつけた。

薄紫色の襦裙には、花と蝶が刺繍《ししゅう》されている。上衣は白地に緑と紫色の異国風の模様。襦裙より薄い色の披帛《ひはく》を腕に引っかけ、重陽節の宴が催される宮殿へ参じた。

帝城の中にはいくつも宮殿があり、今回は大きな池のある見事な庭に面した宮殿に、皇帝と妃たち、皇子や公主たち、その他の招待客が集まった。

庭に咲き誇る菊は素晴らしいものだった。普段から見る黄色いものだけではなく、白や桃色、紅色や橙《だいだい》、紫といった、色とりどりの菊が絶妙に配置されている。

宴席は皇族と貴族に分けられていた。池の中央にある、屋根と柱だけで壁がない開放的な亭には皇帝と妃たち。ほとりの南の亭に皇族。北の亭に貴族。

鳴鈴が北の亭で周りを見ると、同じ年頃の娘が何人かいる。みんな育ちがよさそうで、上等な襦裙を着ていた。

そういえば、八人いる皇子のうち、妃がいるのはまだたったのふたりだったことを鳴鈴は思い出した。

長兄である皇太子・浩然《こうぜん》と第四皇子は、既に妃がいる。その他の皇子はまだ相手を厳選している途中だと、緑礼が教えてくれた。

一見平和で豊かに見える崔の国だが、実は北方の遊牧民族や西の異民族と諍《いさか》いが絶えない。未婚の皇子たちはたびたび出兵して領地を空けるため、妃を迎える暇がなかったのだろうというのが緑礼の見解だ。

（それにしたって、二十九まで独身とは……）

鳴鈴は皇族が集まる亭を遠目から眺める。しかし、皇子は八人もいるし、皇太子とその妃たちもいるので、誰が誰だかわからない。

例の美男でなければ、相手は誰でも同じ。そう思って向飛龍の姿絵さえ見てこなかったことを、少し後悔する。せめて特徴くらいは聞いてくるべきだったか。

「ねえ、あなたはどの皇子様が目当てなの？」

「はい？」

隣に座った、小麦色の肌の娘に突然問いかけられ、鳴鈴はすっとんきょうな声で返事をしてしまった。

「ここにいる令嬢たちはみんな、皇子様との縁談を取りつけたい子たちよ。もちろん、皇太子殿下の側妃になりたい子もいるでしょうけど」

その娘は「親や家のためにね」と追加しつつ囁《ささや》いた。

「あなたはどなたかお目当ての皇子様がいるの？」

鳴鈴が逆に聞き返すと、小麦色の令嬢は耳打ちするように答える。

「第三皇子・李翔《りしょう》様よ。末弟になればなるほど、権力が弱くなるじゃない」

考えてはいけないことだが、皇太子に何かあった場合、次に立太子されるのは順番から言って第二皇子、第三皇子だ。彼女は、より強い権力を手に入れられる可能性がある男を望んでいるのか。

「ならば、星稜王殿下の方がいいのでは？」

誰かが私の代わりに星稜王殿下に気に入られれば、嫁入りを回避できるかも、と頭の中で打算をする鳴鈴に、小麦色の令嬢は首を横に振って答える。

「ううん、無理。私、明るく楽しく暮らしたいのよね。いつまでも女性として愛されなくちゃ嫌だし」

「はあ」

「星稜王殿下は領主としては誠実だし、潔癖で評判はいいけれど、堅物すぎてつまらないって噂よ。それに、結構な年増でしょ。二十年して役に立たなくなったらどうするの。私たち、そのときにはまだ三十代後半か四十代前半よ。女ざかりなのよ」

本人に聞かれたら不敬罪で即断頭台送りになりそうなことを、べらべら話す令嬢。

「役に立たないって？　五十歳くらいならまだ働けるし、役立たずってことはないのでは？」

きょとんと首を傾《かし》げた鳴鈴を見て、小麦色の令嬢は吹き出した。

「やだ、あなた可愛いわね」

侍女が持ってきた菊の花を浮かべた酒を受け取り、ころころと笑っていた令嬢は、再び鳴鈴に耳打ちする。

「男として、役に立たなくなるってことよ」

聞いているうちに意味がわかって、鳴鈴は赤面した。黙ってうつむく鳴鈴に、小麦色の令嬢は酒をすすめる。

「私、鄭宇春《ていうしゅん》」

「あ、私は徐鳴鈴……です」

「よろしくね、鳴鈴。あなたと義理の姉妹になれたら楽しそう」

ふたりとも皇子の妃になれれば、同時に義理の姉妹になれるということか。

(宇春って素直で明るいけど、ちょっと……積極的すぎるような気が……)

この子が王宮に入ったら、味方も多そうだけど同じくらい敵を作りそう。鳴鈴はそんなことを思いつつ、うなずいた。鳴鈴は宇春ほど社交的ではないので、気さくに話してくれるのはありがたかった。

「姫様、失礼いたします」

緑礼が近くに寄り、そっと鳴鈴に耳打ちした。

今日はやけに耳打ちされる日だ……と、そんなことを思っている場合ではなくなった。翠蝶徳妃が鳴鈴を呼び出したというのだ。顔を上げると、皇帝の妃たちも皇子たちも食事を終え、庭の散策に出始めている。

　それを見て、貴族令嬢たちが次々に立ち上がった。皇子たちの視界に入って、なるべく目立たなければならないからだろう。

「さあ、行くわよ。鳴鈴」

　宇春もやる気満々で立ち上がった。

「ご、ごめんなさい、宇春。私、行かなくちゃ」

「どこへ？」

「翠蝶徳妃様に呼ばれちゃった。遠い親戚なの。挨拶しなくちゃ」

　申し訳ないと謝る鳴鈴に、宇春はがっかりしたように眉を下げた。

「そう。じゃあ仕方ないわね。またね、鳴鈴」

　宇春に別れを告げ、緑礼に導かれて、菊花に彩られた広い庭の中を歩いていく。自分ひとりでは迷子になりそうだ。

　たどり着いたのは、庭園中央のものとは別の池の前。整備は行き届いているが、ここまで来ると菊の花がほとんど咲いていないので、人気《ひとけ》もない。

　堂々とした佇《たたず》まいの松の木の下に、翠蝶徳妃の姿を認め、鳴鈴は駆け出した。後方に、長身の男の姿が微《かす》かに見える。きっとあれが星稜王だろう。

踵《きびす》を返して逃げてしまいたい。けれど、翠蝶徳妃に無礼を働いたら徐家の危機だ。皇族を待たせるなど、もってのほか。

池のほとりを迂回《うかい》するより、真ん中を横切るようにかかっている太鼓橋を渡った方が早い。

「お待たせして申し訳ありませ――」

早足で橋の真ん中まで来たとき、慌てすぎて、思いきり裙の裾を踏んでしまった。

「姫様！」

勢いよく前につんのめった鳴鈴は、ぎゅっと目を瞑った。

次に彼女が感じたのは、木の硬さでも水の冷たさでもなかった。きめ細かな布の、滑らかな肌触り。

ハッと鳴鈴は目を開けた。

自分はこの温かさを知っている。小さな体をしっかりと抱きとめる力強い腕。これは、まさか――。

覚悟して顔を上げた。果たして、そこにいたのは、あの賊に襲われたところを助けてくれた美男だった。

長い髪の上半分を後ろに結い上げた眉目秀麗な男は、鳴鈴を見て、切れ長の目を見開いている。

「あなたは、あのときの！」

思わず叫んだ鳴鈴は、男の腕で持ち上げられ、地面にそっと下ろされる。

男は胡服ではなく、水色の長衣の上に群青色の外衣をまとっている。袖や襟の縁にある金色の模様が、あのとき借りた外衣と似ていた。

「あら……知り合いなの？　飛龍」

翠蝶徳妃が不思議そうな顔でふたりを見る。後ろから出遅れた緑礼が駆けつけた。

（この方が星稜王、向飛龍⁉）

鳴鈴は驚いた。思っていたのと違う。今まで一度も妃を迎えたことがないというので、クマみたいなむさくるしい男色家の変態を勝手に想像してしまっていたのだ。

「いいえ、初対面です」

飛龍は翠蝶徳妃に向かって、しれっと首を横に振る。

「どうして嘘《うそ》をつくのですか。今、絶対にハッとした顔をしていましたよ。私のこと、覚えていらっしゃるのでしょう？」

袖を掴んで見上げるけど、飛龍は鳴鈴と目を合わせようともしない。まさか、本当に覚えていないのでは。鳴鈴は泣きそうになってきた。

「鳴鈴、どういうこと？」

翠蝶徳妃に尋ねられ、鳴鈴はぽつぽつと、あの夜の事情を話した。

「まあ、そんなことが。私が遅くまで引きとめてしまったせいで……ごめんなさいね」

「いいえ、いいえ！　翠蝶徳妃様は何も悪くありません！」

思いがけず徳妃に謝られ、鳴鈴は恐縮して両手をぶんぶんと振った。

「私の可愛い鳴鈴を助けてくれてありがとう、飛龍。これは運命の出会いね」

「別に。主上の命令で帝都の見回りをしていたら、たまたま彼女が襲われていたのです。何も運命的なことではありませんよ」

笑いかけられた飛龍だが、身も蓋《ふた》もない返し方をする。

「鳴鈴、私には子供ができなかったでしょう。飛龍の実のお母様は主上の側妃だったのだけどね、彼が幼い頃に病で亡くなってしまったの」

皇帝に飛龍の義理の母となるように命じられ、飛龍を自分の子と思って、乳母や侍女に任せきりにせず、自らの手で世話を焼いてきたのだと、翠蝶徳妃は語った。

やがて飛龍は成長し、星稜王の称号を与えられ、後宮から出ていくことに。それから翠蝶徳妃は、ずっと独身の飛龍の身を案じていたという。

「あなたは優しい子だから、きっと飛龍とうまくやれると思って。ほら、この人、愛想もへったくれもないでしょう？」

確かに……と、そういえばあの夜も、必要最低限のセリフしかしゃべらなかったことを思い出す鳴鈴。

（でも、いいの。あの夜以来、恋焦がれていた相手が目の前に現れたんですもの）

鳴鈴は顔を上げ、そっぽを向いている飛龍の顔をまっすぐ見つめた。

（窮地に陥っている私を助けてくれた。あんなにたくさんの賊に怯《ひる》むことなく、ひとりで立ち向かった彼が変態のわけがない。きっと、優しいけれど不器用なだけ。ずっと一緒にいれば、いつかわかり合えるはず）

すべてを前向きに考えた鳴鈴は、きっぱりと言う。

「私でよろしければ、喜んで星稜王殿下に侍《はべ》ります」

それを聞き、翠蝶徳妃の顔が、朝陽を受けた花さながらに輝く。

「ねえ、聞いた？　飛龍、こんなに若くて可憐《かれん》なお嬢さんが、あなたの妃になってくれるのよ！」

はしゃぐ翠蝶徳妃の横で、びしっと背を伸ばす鳴鈴。

「……俺は妃を娶る気はありません。何度言わせるのですか」

むっつり顔の飛龍の容赦ない言葉が、鳴鈴の胸を直撃した。

「やはり、私が子供っぽいから相手にしてもらえないのでしょうか……」

美男と出会った夜から、彼は少し年上だろうとは思っていた。飛龍は若く見えるため、十一も離れているとは予測していなかったけれど。それほど離れていると、女として見るのは無理なのかもしれない。

(今まで、なんの縁談もなかったのだもの……私に皇子様の心を射止めるのは、無理なのかしら)

じわっと鳴鈴の目に涙が浮かぶ。自分を童顔に産んだ母を恨んだ。

「いや、あなた個人が気に入らないのではなく……俺が独身主義だというだけで」

しゅんとしおれた鳴鈴にぎょっとして、ぼそぼそと言い訳をする飛龍を、翠蝶徳妃がキッと睨《にら》む。

「ダメよ、飛龍。この縁談は主上の御名の元に進めていますからね。あなたに拒否権はなくてよ」

「あまりに強引じゃありませんか。徐氏、あなたは本当にいいのか。俺に恩を感じることはない。あなたを心から求める男に嫁いだ方が幸せに決まっている。もっとよく考えなさい」

飛龍が眉間に皺《しわ》を寄せて、鳴鈴を見つめる。しかし鳴鈴は、ぶんぶんと首を横に振った。

「私はあなたに嫁ぐと決めたのですっ」

決然と言い放たれた言葉に、あんぐりと口を開けたが、すぐ閉じた飛龍。長い後ろ髪をなびかせ、くるりと後ろを向いてしまった。

「……ならば、勝手にするがいい」

すたすたと歩いていってしまう飛龍を、残された者たちはしばらく見送っていた。

貳《に》　処女妻ですが、何か

それから三ヵ月が経ち、飛龍と鳴鈴の婚約は破棄されることなく、準備も順調に進んでいた。

しかし徐家に飛龍が現れたのは、両親に挨拶に来た、たったの一回。しかも超事務的で、鳴鈴と話もせずに帰ってしまった。そのあとは使いの者しか出入りしなかった。

「あなたって、かわいそうね。きっと苦労するわよ」

婚儀の前にと遊びに来た宇春が、干し柿をかじりながら言う。

「わかっているから言わないで……」

自分で飛龍に嫁ぐと決めたのに、準備すればするほど不安が募ってきた鳴鈴である。

興味も持ってもらえないのは悲しい。自分が子供っぽいせいかと思い、胸が大きくなるという人参《にんじん》や牛乳を大量摂取し、胸筋を鍛える運動まで試してみたけれど、さして効果はない。

年上の夫に好かれるにはどうしたらいいのか。悩んでも答えは出ない。

「星稜王殿下はだいぶ年上だし、今はあなたをどう扱っていいかわからないのかもね。

意外に幼妻を可愛がってくれるかもしれないわよ」

ツンツンと鳴鈴の肩をつついて慰める宇春。

ちなみに彼女は、以前の重陽節の成果が出て、見事に第三皇子との縁談が決まりつつあるとか。

「だと、いいんだけどね」

そうして婚前憂鬱症に陥ってしまった鳴鈴は、不安満載のまま、飛龍に嫁ぐ日を迎えてしまった。


額から頭頂部を覆う黄金の鳳冠《ほうかん》をつけ、真紅の空に金の鳳凰《ほうおう》が舞う柄の花嫁衣装を身につけた鳴鈴は、卒倒しそうになった。

同じように金の冠と真紅の衣装を身につけた飛龍の姿が、信じられないくらい神々《こうごう》しかったからだ。

いつも流している後ろ髪も、今日はきっちりと結い上げられていた。

（あああ……素晴らしすぎる。のぼせてしまいそう）

星稜王府で催される婚礼には、皇帝や皇子たち、鳴鈴の実家の家族、その他有力貴族が参列している。

緊張していた嗚鈴だが、飛龍の姿を見て余計に胸が高鳴ってしまう。

「お似合いですわ、殿下。まるで、鳳凰が人の姿になって下り立ったような神々しさです」

震える声で褒めた嗚鈴を、飛龍は頭からつま先まで、じっと見つめた。

嗚鈴は思わず期待する。飛龍の口で、花嫁衣装を褒めてもらうのを。しかし――。

「殿下、徐妃様。準備が整いました。こちらへ」

向家の側仕えがやってきて、飛龍は開きかけた口を閉ざしてしまった。

(まあ、まあ……今から儀式の本番だもの、仕方ないわよ。終わってから、ゆっくりお話ができるわ)

内心ものすごくがっかりしたけれど、気を取り直し、嗚鈴は婚礼の儀式に挑む。いつもはおっちょこちょいな嗚鈴も、今日ばかりは失敗するわけにはいかない。

「次兄もやっと結婚か。よかったよかった」

「しかもあんなに若い妃をもらって。今夜から楽しいでしょうね」

「だけど俺、次兄が幼女趣味だとは知らなかったなー」

儀式中にもかかわらず、背後でこそこそと私語を囁き合うのは皇子たちだ。嗚鈴からは見えなかったが、第二皇子を『次兄』と呼べるのは皇子たちしかいない。

（違う。私は幼女じゃなーい！）

皇子たちに叫びたい鳴鈴だったが、なんとか儀式に集中し、無事に終えることに成功した。


その夜。鳴鈴はひとりで所在なげに座っていた。婚礼の儀式を終え、今からいよいよ初夜である。

先に準備を終えて洞房《どうぼう》で待っていた鳴鈴の心臓は、もう爆発寸前だった。

いつも話し相手になってくれる緑礼もいない。緑礼は鳴鈴の侍従として一緒に向家に仕えることになったが、さすがに新婚夫婦の閨《ねや》までは入ってこられない。

緊張が頂点に達したとき、洞房の扉が開いた。赤い装束を着た飛龍が現れたのだ。

「……待たせたな」

鳴鈴は、ごくりと唾を飲み込んだ。飛龍は作法通り、鳴鈴の顔にかかっていた綾《りょう》絹《けん》を棒で取る。

（い、いよいよだわ……）

寝化粧を施した鳴鈴を軽々と抱き上げ、牀榻《しょうとう》の上の赤い褥《しとね》に横たえる飛龍。

「鳴鈴と呼んでもいいだろうか」

「ええ、もちろん」

返事をするのがやっとだった。声だけではない。全身が震えていた。

「鳴鈴。こうなってしまったからには、お前の夫として、俺は義務を果たすつもりでいる」

大きな手が、さらりと鳴鈴の髪をよけ、頬を撫《な》でた。無骨だが優しい手の感触に、心臓まで震える。

どのように口づけられるのか。そのあとはどうなるのか。不安半分、期待半分で鳴鈴はまぶたを閉じた。だが——。

どさりと音がした。自分の体の横に何かが落下してきた。

びっくりして目を開けると、なんと……今から初夜を迎えるはずの相手が、自分の隣に寝転んでいた。

(あれ……この体勢からどうやって)

一応、実家で挿絵入りの花嫁指南書を見せられ、母に初夜のひと通りの流れを教えてもらったが、そこから外れた飛龍の行動に鳴鈴は固まるしかない。

「今日は疲れたな。お前も無理することはない。眠ろう」

「え……」

確かに疲れてはいる。慣れない冠や衣装で首や体が痛い。でも、疲れたから初夜をさぼるなど、聞いたことがない。

「周りには、無事に床入りしたと言っておけばいい」

「でで、でも」

「これからよろしく頼む。おやすみ」

新郎は無情にも新婦に背中を向け、まぶたを閉じてしまう。冗談だろうと少し待っていると、すぐに寝息が聞こえてきた。

（ちょっと。本当に寝ちゃった⁉）

思わず起き上がって覗き込む。飛龍の自然な寝顔を見て、鳴鈴はどっと脱力した。

緊張して待っていたのがバカみたいだと思う。帯もほどいてもらえないとは。それ以前に、口づけすらされないなんて。

（それほど私との結婚が嫌だったの……？）

じわりと涙が目に浮かぶ。

飛龍は『義務を果たす』と言った。それは、父である皇帝に押しつけられた花嫁を、責任を持って養うということなのだろうか。この結婚に愛情などない、ただの義務なのだと――。

（そう、言ったのね）

脱力してしぼんだ胸が、握りつぶされるように痛い。

あんなに恋焦がれた初恋の人との初夜で、背中を向けられてしまった。ずっと触れたかった広い背中が、今は憎らしい。

鳴鈴は静かに泣いた。ぽろぽろと、ただ涙を零すことしかできなかった。

こんなに惨めな花嫁が他にいるだろうか。悪い方へ考え出すと、どんどん涙が溢《あふ》れてくる。

（まだ結婚したばかりだもの。男の人だって緊張するわ。今後一度も抱いてもらえないわけじゃない。きっとそのうち、仲よくなれるはず。本当の夫婦に……）

無理やり気持ちを切り替え、褥の中に戻る。

鳴鈴はそっと飛龍の背中に寄り添った。彼の温かさを布越しに感じると、どうしてか、また涙が出てくる。

（拭《ふ》いてやる。涙も鼻水も、殿下の背中で拭いてやるんだから！）

ぎゅうっと飛龍の背中に顔を押しつけた。

（化粧が転写されたって知らない。花嫁を放って寝る方が悪いに決まってる）

体が疲れているし、ひどく緊張していた心も緩んだ。

その隙に襲ってきた睡魔に支配された鳴鈴は、飛龍にくっついたまま、ぐっすりと眠りこけてしまったのだった。

＊　＊　＊

（……泣いている）

初夜の新郎の務めを放棄し、寝たふりをしていた飛龍の背中に、鳴鈴のすすり泣きが聞こえてきた。

（泣くなよ……）

正直、飛龍は困り果てていた。

皇帝である父の命令で、仕方なくした結婚だ。いや、正しくは翠蝶徳妃の猛推薦なのだが。

実母亡きあと、義母として代わりに面倒を見てくれた翠蝶徳妃に対する恩義はもちろんある。だが、それとこれとは別だ。

（俺ははっきりと、妃を娶らない主義だと言ったじゃないか。俺には妃など不要だ。それなのにお前が……）

出陣の命令がなければ、飛龍は普段、領地の政《まつりごと》をしている。
鳴鈴を助けた日はちょうど皇帝を訪ねていて、ついでに、治安が悪くなっていると
いう帝都の見回りをしていた。
あのとき、被害者本人から徐家の娘だと聞いていたので、翠蝶徳妃から今回の縁談
を持ち出されたとき、まさかと思った。
(本当にあの娘が、俺の妃になるとは)
賊に投げ飛ばされた鳴鈴を抱きとめたとき、これは可憐な少女だな、と飛龍は感じ
た。もう数年経てば美しい女人になるだろうと。
そう。正直、十四、五歳だろうと思っていた。翠蝶徳妃から十八と聞いたときには
驚いた。『あれは既に育った状態だったのか』と。
しかし、重陽節の宴で再会した鳴鈴は、初対面のときとはだいぶ印象が違っていた。
髪型や化粧のせいか、それとも衣装のせいか、ちゃんと十八の女性に見えた。
顔に力を入れていないと、思わず微笑んでしまいそうなほどの可憐さ。彼女を腕で
抱きとめたとき、天女が舞い下りてきたような気さえした。
自分の妃になると断言した、大きな目をした娘の初々《ういうい》しい花嫁姿が、まぶたの裏に
よみがえる。

赤い衣装の内から発光しているかのような白い肌。鳳冠をつけた彼女の小さな玉顔を、まっすぐ見ることができなかった。年を取った自分には眩《まぶ》しすぎた。

(かわいそうに……自分では気づいていないようだが、じゅうぶん魅力的な娘だというのに)

鳴鈴には申し訳ないが、自分には彼女を抱いてやることはできない。

身体的に問題があるわけでも、ましてや男色家でもない。同じ褥に入っていて、何も感じないこともない。鳴鈴が隣にいると思うと、ざわざわと胸が騒ぐ。

きっと鳴鈴は、自分が飛龍に嫌われていると思って泣いているのだろう。そのうえ、女性としての矜持《きょうじ》を傷つけられたに違いない。

(そうじゃないんだ、鳴鈴。お前が悪いわけじゃない。悪いのは全部俺だ)

飛龍は痛む心を表に出さないように気をつけ、寝たふりを続けた。

起き上がって頭を撫で、口づけて……帯をほどき、その白い肌に触れてやれば、新郎の義務は果たせる。鳴鈴の心は楽になることだろう。

一瞬、そうした方がいいのかと心が揺らぐが、必死で自分を抑えつける。

(寝ろ、寝るんだ、鳴鈴)

繰り返し心の中で呟《つぶや》いていると、やっと背後で鳴鈴が褥に横たわる気配がした。

ほっとしたのもつかの間。鳴鈴が自分の背中に寄り添ってきたのを感じ、飛龍は心の中で悲鳴を上げる。

（やめてくれ。柔らかい体を俺に押しつけるな。細い指で背中に触れるな！）

じっと耐えていた飛龍だったが、すぐに自分の背中がしっとりしてきたことに気づく。鳴鈴の涙が染みてきたのだと悟ると、心の底から申し訳なくなった。

抱いてはやれないけれど、なるべく鳴鈴が心安らかに過ごせるようにしなくては。

背中に、妃となった娘のぬくもりを感じ、飛龍は深く息を吐いた。

＊　＊　＊

最悪の始まりだった鳴鈴の結婚生活は、そのあとも淡々と過ぎていった。

星稜王府での生活は快適で、文句のつけようもなかった。

侍女たちは真面目で優しく礼儀正しい。毎朝きちんと鳴鈴の身支度をし、三度の食事を用意してくれる。

外に出たいときは、安全な星稜王領地のみではあるが、護衛さえつければ好きにしていいと言ってもらっているし、生活必需品で足りないものができたと言えば、その都度高級なものをそろえてくれた。

そういうところだけを見れば、鳴鈴は夫に大事にされている幸福な花嫁と言えよう。

だけどその心はなかなか満たされなかった。

(殿下はあれから一度も、洞房を訪ねてくださらない)

王府内で顔を合わせれば挨拶はするし、帝城で催しがあれば一緒に参加する。でも、ただそれだけ。

結婚してひと月後にあった春節の宴で、久しぶりに会った翠蝶徳妃に対し、どんな顔をしていいのかわからなかった。

『うまくやっている？　鳴鈴。飛龍はあなたに優しいかしら』

優しいといえば優しい。つらく当たられた覚えはない。

鳴鈴は、こくりとうなずいた。すると翠蝶徳妃は悪気のない笑顔で、とどめを刺してくる。

『そう、よかった。吉報を待っているわね』

それはつまり、自分が飛龍の子を腹に宿すことを楽しみにしている、ということだろう。

皇帝に挨拶したときも、同じようなことを言われた。宴会場に戻れば、皇子の妃たちは、自分がいかに夫に臥所《ふしど》で愛されているかを披露し、競い合っている。いたたまれなくなってその場から抜け出した鳴鈴は、緑礼と寒い庭をのろのろと散歩するしかなかった。

（そのうち、私が愛されていないということが他の妃たちに知られてしまう……）

飛龍は嘘をつく性格ではない。皇子たちに閨のことを聞かれれば、あっさりと正直に答えてしまうだろう。

『お妃様、温かいお茶でも用意しましょう』

惨めさに支配されそうになった鳴鈴に優しく声をかけたのは、緑礼だ。

『うん、ありがとう』

仕方ない。もともと飛龍にとっては望んでした結婚ではなかったのだ。無条件で自分を受け入れてほしいと思うのは、わがままだろう。

鳴鈴はとぼとぼと、居所のない帝城を歩き回ったのだった。

そして帝城から帰ってきた二日後。冷たい海の底をたゆたうような憂鬱な毎日を送っていたからか、鳴鈴は王府で倒れてしまった。

最初に出た症状は咳《せき》だった。なかなか止まらないなと思っていたら、頭痛がして、体に力が入らなくなった。鳴鈴が訴えなかったから、朝の支度をした侍女たちは何も気づかなかった。

星稜王府はもともと帝城の北にあり、鳴鈴が住んでいた帝都とは違って、冬は雪が降る日も多い。

(それにしても、今日はやけに冷えるなあ。あれ、震えが止まらない……)

髪飾りもつけっぱなしで、床にぱったりと臥せっていた鳴鈴を発見したのは、緑礼だった。

「私も我慢の限界です。星稜王殿下にひとこと申し上げましょう」

日頃からの心痛が、鳴鈴の体力を奪い、病に罹《かか》らせたのだと決めつけている緑礼は激昂《げっこう》した。

「ただの風邪よ。大丈夫」

褥に横たわった鳴鈴は、力なく微笑む。

「殿下のせいじゃないわ。ほら、翠蝶徳妃様だって御子には恵まれなかったけど、主上に愛されて幸せに暮らしていらっしゃるでしょう？　あの方みたいに、強くならなくてはいけないわ……私が弱すぎるのよ」

どんよりしている妃に近づきたい夫はいない。なるべく微笑んで、前向き思考でいよう。そうしたら、いつかは仲よくなれる。鳴鈴はそう考えていた。

「しかし、このなさりようは、あまりにも……」

悔しそうに自分の膝を叩く緑礼。そのとき、戸の向こうから声がかかった。

「鳴鈴、入るぞ」

飛龍の声だ。

(で、殿下⁉)

鳴鈴は慌てた。髪も結っていないし、化粧は褥に入る前に落としてしまった。どうしてこんなときに限って。来るのを期待して寝化粧をしているときには、全く寄りつかなかったくせに。

何ひとつ直す暇さえもなく戸が開かれ、飛龍が現れた。牀榻に近づき、緑礼の方を一瞥《いちべつ》する。

「……風邪と聞いたが」

「ええ、そうなんです。先日ひたすら帝城の庭をうろうろしていたせいか、毎晩冷たい褥にひとりきりで寝かされていたせいかはわかりませんけど」

「りょ、緑礼」

明らかに、鳴鈴をないがしろにしている飛龍への批判を込めた言葉。飛龍を怒らせはしないかとヒヤヒヤする。

しかし飛龍は気にしていないのか、それともわざとか、緑礼には反応しなかった。

一歩近づき、背を屈《かが》めて鳴鈴の顔を覗き込む。かと思えば、やけに顔を近づけてくる。

（もしや、口づけを？　こんなところで？　緑礼も見ているのに……）

そう思いながら期待して、まぶたを閉じた鳴鈴。しかし唇にはなんの刺激もない。

その代わり、額に硬いものが当たった。

「熱が高いな」

思わずまぶたを開けた鳴鈴は、意識を失いそうになった。

恋焦がれる夫の秀麗な顔が目の前にある。彼が話せば、吐息が唇にかかった。

「薬は飲んだのか？」

くらくらしている鳴鈴からすっと離れ、飛龍が尋ねる。

返事をする前に、枕元に置いてある盆を見つけられた。置いてある杯には、ほとんど残っている液体の飲み薬が。

「飲んでいないじゃないか」

「だって、苦くて……」

せっかく薬師が用意したものだが、苦すぎて飲めなかった。恥ずかしくて手で顔を隠す鳴鈴の上で、飛龍がため息をついた。

「お前は女主人の臥所にまで入り込むくせに、薬も飲ませられないのか」

飛龍から痛烈に言われ、緑礼の頬に朱が走る。

「なっ」

「ふたりそろって子供だな。いい、俺がやる」

そう言うと飛龍は、鳴鈴の上体を抱き起こす。何をするのかと思えば、突然鼻を強くつままれた。

「ふがっ」

「いいか、こうすれば相手は口を開くしかなくなる。敵に毒を飲ませるときの手段だ」

きりっとした表情で教える飛龍に、緑礼は思わず指摘した。

「あなたは人でなしですか！」

それも無視し、飛龍は杯を鳴鈴の口に近づける。

「ひゃ～」

力が出ないながらも、両手で口元を押さえて抵抗する鳴鈴。苦い薬は子供の頃から苦手なのだ。

「ちっ。仕方ない」

飛龍は右手ひとつで鳴鈴の両手首をまとめて拘束し、膝の上に置いた。左手で杯の中身を口に含み、杯を放り投げる。

「まさか」

緑礼の声が聞こえるか聞こえないかで、鳴鈴の後頭部が飛龍の左手にがしっと掴まれる。

「えっ」

驚きでわずかに開いた唇に噛みつくように、飛龍が口づけた。

（んなあああああっ⁉）

口移しで流し込まれた薬の味など、わからなかった。苦いはずなのに、甘いような錯覚さえした。

ごくりと薬を飲み下したのを確認し、飛龍はぼーっとする鳴鈴の体を褥に横たえる。

「よし、これで熱は下がる。よくなるまでおとなしく寝ていろ」

かけた布団をぽんぽんと叩き、彼は緑礼を見る。

「ところで、侍従を臥所に入れるのは感心しない。変な噂をたてられるぞ。愛し合っているのは結構だが、周りに悟られないようにしろ」

「はい？」

何も考えられない鳴鈴の代わりに、緑礼が飛龍を睨み返して反論する。

「私が、お妃様の愛妾《あいしょう》だとでも言うのですか？」

「違うのか」

「……私、女なんですけど」

「何？」

緑礼の告白に、飛龍は目を丸くする。

「お妃様、言っていなかったんですか？」

「え、え、だって……男の人を王宮に連れてくるわけ、ないでしょ。女子が胡服を着て男装するのも流行《はや》っているし。殿下は、わかっているものと思って……」

切れ切れの説明を聞き、脱力する飛龍。

「知らなかった」

「殿下、女のことはまるでわからないのですね。侍女たちはみんな知っていますよ」

呆れたように言う緑礼。

「それならいい。どれだけでも、そばにいてやってくれ。では」

飛龍は恥ずかしさを隠すように、すぐに背中を向けていなくなろうとする。鳴鈴はその袖を思わず掴んでしまった。

「もう、行ってしまわれるのですか……？」

袖を掴まれた飛龍が振り向く。彼は苦々しい顔をしていた。

「俺は忙しいんだ」

鳴鈴にもわかっている。飛龍だっていろいろやることがある。あちこちの雪かきに農民を動員し、働いた分の給金を出していることも知っている。それが、仕事がない時期の農民を救う手立てだということも。

でも、せっかく部屋を訪ねてくれたのだ。

自分を抱くためでなくてもいい。病に臥せっていると知り、顔を見に来てくれた。それだけでも鳴鈴はじゅうぶん嬉《うれ》しかった。

「せめて、私が眠るまで……」

朝までそばにいて、とは言わない。ただ、もう少しだけ一緒にいたい。

「……仕方ない」

どすんと、飛龍が牀榻の傍らにあった椅子に腰を下ろした。掴まれていた袖から鳴鈴の手を放させる。

小さな手を大きな手が包み込んだ。鳴鈴はそれだけで、幸せで胸がいっぱいになる。

（手を繋《つな》いでくださった……）

硬い剣ダコができている大きな手は厚く、とても温かい。

少しでも起きていたいが、薬が効いてきて体が楽になった途端、急にまぶたが重くなる。

鳴鈴は飛龍と結婚してから初めて、幸せな気分で眠りについたのだった。

参《さん》　出陣命令

二月。崔の北にある星稜は、ますます厳しい寒さに包まれていた。

ある日、鳴鈴が火鉢で手を温めていると、飛龍が部屋を訪ねてきた。

「殿下！」

鳴鈴は喜び、文字通り飛び上がる。

あの風邪の日以来、飛龍は一日に最低一度、鳴鈴の部屋を訪ねてくるようになった。

相変わらず共寝をすることはないが、一緒に食事をしたり、囲碁を打ったりするようになった。それだけでも大した進歩だ。

「俺は今から出かけるが、お前も来るか？」

よほど寒いところに行くのか、飛龍は毛皮のついた外套《がいとう》をまとい、襟巻までつけている。

帝都出身の鳴鈴は寒さに弱い。一瞬迷ったけれど、今断ったら二度と誘ってもらえないような気がして、勢いよくうなずいた。

「また風邪をひかないよう、準備万端にしてこい」

「では、私の衣をお貸ししましょう」

緑礼が立ち上がる。そうして鳴鈴は緑礼の胡服を借り、飛龍と同じような毛皮のついた外套を着込んだ。


飛龍は馬で、鳴鈴は馬車で、二十人ほどの兵士に囲まれて行くこと一刻ほど。

馬車が停まり、鳴鈴はおそるおそる簾から顔を出した。冷たい風が頬を叩く。

（やっと着いたの？　それにしても、寒い……）

かたかたと震える鳴鈴に、飛龍が手を差し伸べる。

「わあ……」

飛龍の足元を見ると、一面雪に覆われていた。見たこともない白銀の景色に、鳴鈴の気分は一気に高揚する。

彼の手を借り、滑らないように注意して馬車から降りる。周囲を見回した鳴鈴は嘆息を漏らした。

「まあ！」

開けた雪原の周りを、木々が囲む。空に向かって両手を広げるように伸びた枝の先まで、びっしりと霜氷に覆われている。

それはまるで咲き誇る満開の桜のよう。わずかに届く太陽の光を反射し、眩しく輝く雪桜。畏怖の念を覚えるほどの美しさに、鳴鈴は小さく震えた。その景色は星稜の冬の厳しさと優しさを同時に感じさせる。

（まるで、殿下みたい……凍てつくように冷たいときもあれば、優しいときもある）

白い息を吐いて木々を見上げる鳴鈴は、寒さも忘れていた。

「素晴らしいです。こんなに美しい景色、初めて！」

純白に覆われた世界ではしゃぐ鳴鈴を見て、飛龍は頬を緩めた。

「気に入ったか」

「もちろんです」

この景色の美しさは、どんな高級な絵の具でも再現することは不可能だろう。

「目の前の山を越えると、古斑《こはん》の領地だ」

呟くような飛龍の言葉に耳をすませる。古斑とは、星稜より北に住む、遊牧民族の領地だ。

崔はたびたび、領地を広げようとする古斑からの攻撃を受け、それを退けてきた。

「あいつらが動き出すのは主に春だが、こうして一応、不穏な気配がないか、たまに偵察に来るというわけだ」

飛龍が指差した方を見ると、雪桜の中からぴょこんと飛び出たような眺望台が見えた。反った屋根にも雪化粧が施されている。

あの上で見る景色は特に素晴らしいだろうと鳴鈴は思ったが、遊ぶための台ではない。上ってみたいと言うのは控えておいた。

「きゃあーっ！」

突如背後で明るい声が響いたので、びっくりして振り向く。雪原の丘を、そりで子供たちが滑り下りていった。

「なぜこんなところに子供が？」

しかも、王である飛龍や兵士たちを恐れる様子もない。ごく自然にそり遊びに興じている。

「あの台で見張りをする兵士たちが暮らす村が、すぐ近くにあるんだ。王府まで帰ってくるのは時間がかかりすぎるから」

兵士たちはその村に住み、交代で見張りをしているのだという。緊急事態が起きたら王府まで馬を飛ばすというわけだ。

「過酷な仕事だわ」

こんな山奥で冬を越すのは、つらいだろう。眺望台に立つ兵士はさることながら、その身の周りの世話をする女房たちは、手をあかぎれだらけにしているに違いない。

「そうだな。でも、たくましいものだ」

飛龍が視線を送った先には、そりを引いて「うんしょ、うんしょ」と丘を登ってくる子供たちが。毛皮でできた帽子を被ったその子たちの頬は真っ赤で、まるで林檎《りんご》のよう。

「あれ、楽しいのかしら」

鳴鈴は興味津々《しんしん》で子供たちに近づいていく。そのあとに、飛龍と緑礼がくっついてきた。

「こんにちは」

鳴鈴が声をかけると、子供たちは恥ずかしそうにもじもじして、お辞儀をした。

「おうさま、こんにちは」

「おきさきさま、こんにちは」

いつもこうして挨拶をしているのだろう。王だからといって威張らず、気取りもしない飛龍の人柄が見えた気がして、嬉しく思った。しかも、最近結婚した鳴鈴のことまで知ってくれている。

「挨拶できて偉いな、お前たち」

飛龍が頭を撫でると、子供たちは笑顔を見せた。

「ねえ、私にそれを貸してくれない？」

そりを指差す鳴鈴に、緑礼が眉をつり上げる。

「何をなさるおつもりですか、お妃様」

「何って……そりよ。楽しそうじゃない」

生まれて初めてそりを見た鳴鈴は、内心うずうずしていた。興味が湧いたことは試してみないと気が収まらない性質なのである。眺望台は遊ぶためのものじゃないけど、そりは遊ぶためのものなので遠慮はしない。

「バカを言うな」

子供たちの隣で、飛龍まで目をつり上げる。

「お前は俺の妃だ。怪我をさせるわけにはいかない」

「怪我をすると決まってはいません」

「しかし、見るからに鈍くさそうじゃないか」

遠慮のない物言いに、鳴鈴は思いきり頬を膨らませた。

「じゃあ、殿下が舵《かじ》を取ってくださる？」

「これに大人がふたりも乗れるか。尻がはまって抜けなくなるわ」

緑礼が、ぷっと吹き出した。子供の親である兵士が手作りしたであろう木製のそりは、確かに小さい。

「じゃあ、私だけ」

周りの制止も聞かず、持ち主である子供の許可もなく、鳴鈴は、すっとそりに乗り込んだ。

「あ、おい、めいり……」

肩を掴もうとした飛龍の腕を、鳴鈴は華麗にすり抜けていった。

急に前に体重をかけてしまったせいで、子供が適当に置いた丘の斜面から勢いよく、そりは滑り出す。

「きゃあああーああー！」

雪山に鳴鈴の高い悲鳴がこだました。

「うわあああ、お妃様があああ！」

護衛の兵士たちが顔を青くする。子供たちも固まって動けなくなった。

「鳴鈴！」

「お妃様っ！」

飛龍と緑礼が斜面を駆け下りる。鳴鈴のそりは雪に跡を残し、矢のような速さで駆け抜ける。その結果――。

「ひゃっ⁉」

体重のかけ方を間違えたのか、そりが傾いた。どうにもならず横転したそりから、鳴鈴の体が投げ出される。

ころころと雪面を転がる鳴鈴の姿に、その場にいる全員が青ざめた。飛龍と緑礼を追い、兵士たちも斜面を下りる。

鳴鈴は斜面の下にあった木の幹にぶつかり、止まった。枝に積もっていた雪が衝撃で滑り落ち、鳴鈴の体に容赦なく降りかかった。

「鳴鈴、鳴鈴！」

最初に鳴鈴の元に着いたのは飛龍だった。埋もれた鳴鈴の体を急いで抱き起こし、顔についた雪を払う。

するとすぐに、鳴鈴の閉じられていたまぶたが開いた。大きな目を瞬《しばたた》かせると、彼女ははじけたように笑い出す。

「あはははは……っ、やってしまいました！」

そりは思ったよりも速くて、乗っている間は怖くて仕方なかった。けれど、停まって自分が無事だとわかると、どうしようもなくおかしくなってきた。木にぶつかったものの、さほど痛くなかった。

「もう一回よ、緑礼。上まで運ぶのを手伝ってちょうだい」

飛龍の腕から飛び出し、緑礼に命令をする鳴鈴を、兵士たちが口を開けて見ていた。

「ならんっ、鳴鈴！」

背後で獣の唸《うな》り声がしたと思うと、鳴鈴の後頭部に何かがぶつけられる。冷たい感触に驚いて後ろを見ると、飛龍が雪玉を作りながら立っていた。

「どうしてももう一度そりに乗ると言うのなら、俺を倒してからにしてもらおう」

「ええー、どうしてです？」

「危ないからだっ！　怪我をしてほしくないからに決まっているだろう！」

びゅっと飛龍が投げた雪玉が宙を切り、鳴鈴の肩に命中した。砕けた雪の欠片《かけら》が頬を打つ。

「冷たいっ。やりましたね、殿下っ」

足元の雪を固めて投げる鳴鈴。軽々とよける飛龍。そのまま、新婚夫婦は雪合戦に突入した。

飛龍が手加減をしているのは明らかで、きゃっきゃっとはしゃぐ鳴鈴の声が響いていた。いつの間にか子供たちもそこに加わり、緑礼と兵士たちは呆れたように笑い、その場を傍観していた。


その日から七日ほどして、悪い知らせが届いた。

「出陣命令？」

鳴鈴は柳眉をひそめる。

「古斑の兵が国境近くをうろついていると聞いたから詳しく調べたら、どうやらその辺りに軍隊が集結しているらしい。攻め込まれる危険がある」

大したことではなさそうに、さらりと言う飛龍。

飛龍の執政室に呼ばれたので何かと思ったら、そのような報告だった。不安な表情を隠さない鳴鈴に、彼は冷静に告げる。

「というわけで、主上の勅命により、古斑に出陣してくる」

「殿下……『ちょっと狩りに行ってくる』くらいの声色で言わないでください」

全然、緊張感が伝わってこない。それくらい、飛龍にとって戦に出ることは普通のことなのか。

最初の頃よりだいぶ打ち解けてきたが、まだ飛龍のことが掴みきれない鳴鈴だった。

「俺は真剣だ。忙しくなるから、しばらく遊んでやれない。悪いな」

まるで娘に対する父親のセリフだ。不満を覚えたが、それはすぐに不安に変わっていく。

（殿下は本当に、私のことを娘か妹くらいに思っているのかも……）

言わずもがな、鳴鈴はまだ処女妻だった。しかし今はそこで悩んでいる場合ではない。夫が出陣してしまう。

もし愛《いと》おしい彼に何かあったら。悪い想像が勝手に膨らんでいく。

鳴鈴の不安を見抜いたように、飛龍は椅子から立ち上がり、彼女の頭を撫でた。

「大丈夫だ。古斑軍は必ず国境で食い止める。ここまで被害が及ぶことはない」

どうやら夫は、鳴鈴の不安を捉え違えているようだ。自分の身に及ぶ害より、飛龍が無事に帰ってこられるかどうかを案じているというのに。

しかし鳴鈴は、黙ってうなずいた。自分の想いが飛龍の負担になってはいけないと考えたからだ。

（武将の妃になるって、こういうことなのね……）

東西南北を別の国に囲まれている崔は、いつ、どの国から攻められてもおかしくない。親王たちは自分の領地以外で戦があっても、皇帝の勅命があれば出陣しなくてはならない。

他の武将の妻たちは、どんな気持ちで毎日を過ごしてきたのだろう。戦になってもどんと構え、笑顔で送り出しているのだろうか。鳴鈴はため息をついた。

（私には、できそうにない……）

その日から、平穏な日々が夢だったかのように、王府の雰囲気ががらりと変わった。男も女も出陣準備に追われ、緊張感がみなぎっている。

鳴鈴は何もしなくていいと言われ、消化不良な毎日を送っていた。

「なんだか、一進一退といった感じですね」

部屋で暇潰しに書物を読んでいたとき、一緒にいた緑礼が呟いた。

「戦況のこと？」

「ではなく、殿下とお妃様です。つい先日まで仲睦まじくされていたと思えば、また離れ離れ」

一向に距離は縮まらない。緑礼はそこまで言わなかったが、鳴鈴も同じことを考えていたからわかる。

「仕方ないわよ。お勤めだもの」

こうして閉じこもって何もしていないと、自分がすごく役立たずに思えてくる。鳴鈴は立ち上がった。

「お手伝いに行きましょう、緑礼」

「はい？」

「兵糧《ひょうろう》の準備とか、武具馬具の整備とか、いろいろとあるでしょう」

それのどれかひとつでも、みんなの邪魔にならない程度に、できるつもりなのか？

そう言っているような緑礼の目つきを見なかったことにして、鳴鈴は部屋を出ていく。

王府の人間はみんな親切で、正直なところ邪魔なだけであろう王妃が訪ねてきても嫌な顔をせず、兵糧作りを手伝わせてくれた。

鳴鈴は余計なことを考えぬよう、ひたすら小麦粉と胡麻などをこねて丸めた。緑礼も一緒になり、鳴鈴が作る大小さまざまな兵糧丸の大きさや形を整えたのだった。


いよいよ明日出陣という前夜、どうしても寝つけない鳴鈴は外套を羽織って、灯籠の灯りを頼りにとぼとぼと庭を歩いていた。厳しい寒さが頬を刺す。

「お妃様、そろそろ中に入りましょう」

そばを歩く緑礼の声に生返事をして、ぼんやりと夜空を眺める。今夜も飛龍は臥所にやってこない。

（それどころじゃないのはわかっているのだけど）

鳴鈴の方からも、ここ数日は飛龍に近づいていない。彼は食事中も難しい顔をしていて、戦のことばかり考えているようだった。だから邪魔をしてはいけないと思い、無駄なおしゃべりは控えている。

でも、ふと考えることがある。こんなとき、愛し合っている夫婦なら、どうするのだろう？

鳴鈴の想像では、夫の出陣前夜は、お互いのことを忘れないように愛を確かめ合ったりするのではないかと思っていた。結婚前に読んだ恋物語ではそういう場面が多く見られた。

（殿下は私のことを嫌ってはいないようだけど）

大切にされているのはわかる。しかしそれは娘か妹に対するような接し方だ。妃として強く求められたいというのは、過ぎたわがままなのか。もともと妃を必要としていなかった飛龍に嫁いだのだから――。

普段は明るく、前向き思考を心がけている鳴鈴だが、一度考え込んでしまうとなかなか浮上できなくなるのが難点。自分でも承知している短所だ。

ため息が白く染まる。

足の先が痛いほど冷たくなってきて、部屋に戻ろうとしたとき――。

「鳴鈴」

廊下から名前を呼ばれ、驚いて顔を上げる。そこには飛龍が立っていた。

「殿下」

「どうしてそんなところにいる。戻ってこい」

手招きをされ、素直に応じる。

廊下に上がるとき、飛龍が手を貸した。背後で緑礼が「助かった」と呟き、安堵《あんど》の表情を見せている。

「冷えきっているじゃないか。寒くて仕方なかったのだろう。」

大きな手が自分の小さな手を包んで温める。鳴鈴はそれをじっと見つめた。

「大丈夫です。雪合戦のときも、風邪をひかなかったでしょう？　私、だんだん寒さに強くなってきているような気がします」

「あれは帰ってすぐ湯浴みをしたからだろう。湯浴みのあとで冬の庭を歩き回るやつがいるか」

火鉢で暖まった室内に鳴鈴を招き入れ、外套の上から自分の上衣をかけてくる飛龍。過保護な彼の行動が嬉しかった。

微妙な沈黙のあとで、先に口を開いたのは鳴鈴だった。

「眠れなかったのです。殿下が出陣してしまうと思うと」

見上げれば、飛龍の切れ長の瞳と視線が合う。緑礼が空気を読んだように、静かにその場から去っていった。

「慣れてもらわなければ困る。今後もこういうことはたびたびあるだろう」

ひとつの大陸にいくつも国があれば、争い事が起きるのは必至。昨日の同盟国が今日の敵国になることもある。

「慣れるわけないじゃありませんか」

鳴鈴がムッとして言い返すと、飛龍は意外そうな顔をした。

「愛おしい夫が戦地に出ていくのが平気な妻など、おりません」

強く力を込めて大きな手を握ると、飛龍はとぼけたような顔で聞き返す。

「……愛おしい夫とは、俺のことか？」

何を言っているのだろう。鳴鈴は一瞬呆気《あっけ》に取られたが、すぐに肯定する。

「殿下以外に誰がいるのですか！」

子犬が吠《ほ》えるように言う鳴鈴を、どうどう、と飛龍はなだめる。

「そうか。すまん……うむ、わかった」

きっと彼は、自分が妻にとっていい夫ではないという自覚があるのだろう。そう理解すると、鳴鈴は急にやりきれなくなった。

自分では、飛龍に恋をしているという気持ちを態度で示してきたつもりだったが、肝心の相手は何もわかっていなかったらしい。わかったと言いながら、ちょっと動揺している様が見て取れた。

「そうだ。お前にこれを渡そうと思って持ってきたんだ」

その場をとりなすように、飛龍がごそごそと懐から何かを取り出す。差し出されたのは、花の形をした銅鏡だった。

青銅に銀を貼り、琥珀《こはく》で龍や花の模様が描かれている。龍に抱かれて守られるように、中央に立体的な鈴が接着されていた。

鳴鈴は、自分の手のひらほどの大きさのそれを見つめる。

「私と殿下ですわね」

飛龍と鳴鈴。その名前から一文字ずつ取った物体を無理に彫ったのは明白だった。普通は抽象的な模様や草花、小動物などの模様が多い。龍と鈴が同居した鏡は、おそらくこの世にひとつだけ。

「……職人に細かい模様を指定しなかったら、そうなってしまった。女性らしいウサギヤクジャクの模様にすればよかったんだが」

後悔しているように、飛龍がため息をつく。

「どうして？　私、とっても気に入りました。殿下と私がいつもそばにいるみたい」

両手で鏡を持ち上げ、くるくると回る鳴鈴を、飛龍は安堵の表情で眺めた。

「そうか。よかった」

「ありがとうございます、殿下」

「いや……」

彼は照れたように、微妙な返答をしたきり口を閉ざしてしまう。また沈黙が落ちた。

何か言わなければならないような気がして、鳴鈴は必死に言葉を探る。

「……いよいよ明日、出陣ですね。ご武運をお祈りいたします」

「ああ」

「どうかご無事で……。寄り道しないで、帰ってきてくださいませ」

どう気をつけても、寂しさや不安が顔に出てしまう。それを見られないように、勇気を出して飛龍の胸に寄り添った。

「承知した。さっさと片づけて帰ってくる。だから、心配するな」

やはり娘に言い聞かせるような言い方が気になるが、それは杞憂《きゆう》に過ぎないかもしれない。

　鳴鈴はそう解釈し、飛龍の背中に手を伸ばして、ぎゅっと抱きついた。飛龍は「よしよし」と頭を撫でる。

「そうだ。鏡のお返しに、笛でもいかがですか？」

「笛？　いらん。俺は楽器はやらない」

　顔を上げた鳴鈴は、飛龍が尺八を吹いているところを想像して、吹き出しそうになった。

「いいえ、そうでなくて。私が吹きますので、殿下は聞いていてください」

　体を離し、篠笛《しのぶえ》を持ってくる。その間に飛龍は椅子に座っていた。

「そういえば、義母《はは》がお前の横笛は素晴らしいと絶賛していた」

「それほどのものではありませんが、出陣前の殿下のお心を和ませることができたら本望です」

　竹でできた笛は茶色に塗られ、金色の線が引かれている。それを横に構え、そっと小さな唇を寄せると、大きく息を吸い込んだ。それを一気には吐き出さず、安定させながら少しずつ排出する。

　高すぎず低すぎもしない、女性が歌うような音色の波が空気を振動させ、部屋中に満ちていく。

（どうか、殿下が戦場でも、王府のみんなのことを思い出してくれますように）

自分を大切に思う者たちがいることを忘れないでほしい。冬は雪に覆われる故郷を思い出し、戦が終わったら必ずここへ帰ってきて——。

鳴鈴は祈りを込め、笛を吹いた。まぶたを閉じていたからわからなかったが、飛龍は曲を奏でる鳴鈴を一心に見つめていた。


朝になり、王府の門の前に、馬に乗った兵士たちがずらりと並んだ。その先頭に立つのは星稜王・飛龍だ。

薄い空色の袍の上に銀色の胴当て、三重に羽を広げたような鋭い護肩。顔の周りの黒髪を邪魔にならないように編み込み、ひとつに縛り上げた姿は、絵巻物から飛び出した闘神のようだった。

（具足姿の殿下も素敵だけど……）

婚礼衣装のときは無邪気に喜んで見ていられたが、今は違う。これは絵巻物でも書物でもなく、現実なのだ。美しき夫が今、戦地へ赴こうとしている。

王府の空気はぴりぴりとしており、いくら王の妃といえど、軍隊の先頭に飛び出し、飛龍に抱きつくことはできない。鳴鈴は門の端から、緑礼と共にその姿を眺めていた。

「いざ、出陣！」

聞いたこともない大音声が飛龍から飛び出ると、兵士たちがそれに呼応した。門から出ていく飛龍が一瞬、鳴鈴に視線を送る。

――大丈夫、絶対に帰ってくる。

そう言っているようだった。

鳴鈴は涙をこらえ、その後ろ姿が豆粒になってもまだ見送っていた。

星稜王府を出て十日後。飛龍たちは迫りくる衝突に備え、門の中で敵の動きをうかがっていた。寒風が飛龍の長髪をさらう。

――笛の音が聞こえる。

（鳴鈴？）

飛龍は思わず後ろを振り返り、苦笑する。

こんなところに鳴鈴がいるわけはない。山の間を吹く風の音が、鳴鈴が吹いた笛の音を彷彿《ほうふつ》とさせるのだ。

実際の彼女は、今は王府で留守番中。自分の周囲にいるのは無骨な男たちばかり。

「殿下、そろそろ見えてくるはずです」

側近が厳かに囁いた。飛龍は馬を停め、目の前に広がっている靄《もや》の向こうをじっと見つめる。

雪遊びをした地から見えていた山を越えた先にある国境。領内の門前で、飛龍たちは待機していた。ここを一歩でも敵より先に出れば、こちらが侵略者とみなされてしまう。

霧の向こう、冬の荒れた地の果てから、ぼんやりと人影が見えてきた。

「来ましたな」

側近の声が微妙に上ずる。

靄の中から現れたのは、丸っこい兜《かぶと》をつけ、膝下まである長い鎧《よろい》と、長靴を身につけた者たち。古斑の旗が翻る。

ほとんどの者が馬に乗っているようだが、後ろには歩兵もいるとの情報を得ている。

先頭にいるのは若い男だ。自分と同じくらいの年齢だろうかと飛龍は推測する。

金色の兜を被ったその大将らしき男と、しばし睨み合う。とくに名乗り合うこともなく、古斑の大将はニッと笑い、異国の言葉で号令をかけた。

敵軍の馬が一斉にこちらへ向かってくる。地面が唸り声を上げて震える。その中でに引いた。

「撃て！」

その号令で、騎馬隊の後ろにいた弩《おおゆみ》隊が息を合わせ、張りつめた弦の懸刀を一斉に引いた。

矢が空を切り裂き、弧を描き、門の向こうの敵軍へ降り注ぐ。その様子は流星群さながらだった。

矢は古斑軍の甲冑《かっちゅう》を貫き、馬の足を傷つける。嘶きが辺りに響き渡った。

（これで互角だ）

雪でぬかるんだ足元で、歩兵は満足に動けない。騎馬戦では、もともと遊牧民族であり、馬に慣れている敵軍の方が上手だ。卑怯《ひきょう》だろうが、不利な状況で正々堂々と戦う気は飛龍にはない。それは単に無謀というものだ。

不意に飛龍の横で爆発音がした。敵の歩兵が放った矢の先につけられた火薬が、爆発したのだ。

「怯むな！　追いはらえ！」

狭い門の口に、わっと集まった古斑軍を、星稜王軍は自らの領地に招き入れる。身動きが取りづらくなった敵を、門の側面から弓矢が襲う。

それでも無事だった者は、剣を振りかざして星稜領内に突入してくる。そこからは騎馬隊、歩兵入り乱れての乱闘になった。

馬上から、長い柄と三叉の刃を持った戟《げき》を振り回し、襲いかかってくる敵を次々になぎはらう飛龍。前方に敵歩兵が立ち塞がれば、愛馬が主人のために足を上げ、鋭い蹄《ひづめ》で彼らを蹴り飛ばした。

「星稜王、覚悟！」

後方から飛んできた矢を紙一重で躱《かわ》し、後ろを振り向くと、そこには敵軍大将が。若々しく好戦的な顔は、夏の日焼けの痕が残っている。

「お前の首を国王に捧《ささ》げると約束した。お前を倒し、星稜の地をいただく」

古班の言葉で声高に叫んだ敵大将は、細身の剣を構え、飛龍に向かってきた。すれ違いざまに大きくなぎはらわれた切っ先を、戟の柄で受け止める。しかしその力を真正面から受け、柄は折れて、刃が飛んでいった。

「ちっ」

腰の剣を抜き、応戦する飛龍。黒髪が風に舞った。

ここを通すわけにはいかない。星稜の地を明け渡すわけにもいかない。なぜなら、そこには自分の民がいるからだ。彼らの生活を守る義務が自分にはある。そして――。

(お前は、俺が守る)

大切なものが、ひとつ増えた。

決していい夫とは言えない自分の前で、無邪気に微笑む年下の妃。

(俺に問題がなければ……あのことさえなければ、他の皇子のように、鳴鈴の心も体も、もっと素直に愛してやれたのだろうか)

飛龍の脇を、鋭い切っ先が掠《かす》めた。敵も相当の使い手だ。飛龍は余計な考えを頭の中から追いはらった。

(待っていろ。必ず帰る。お前の元に――)

一瞬の隙を突いて繰り出した剣が、相手の首の横を滑った。目を見開いた大将が言葉を発するより早く、傷から血が噴き出す。

返り血を浴びた飛龍は、大将が落馬して雪の上に突っ伏すのを見届けもせず、次の敵に向かっていった。

肆《し》　かわいそうな新妻

三月。星稜王の軍が古斑軍に勝利したという一報が入ってきたのは、飛龍たちが出陣してひと月後のことだった。星稜王府は歓喜に包まれた。

「緑礼！　殿下が帰ってくるわ！」

誰より大っぴらに喜んだのは、やはり鳴鈴である。彼女は緑礼の両手を握り、廊下でくるくると回った。

「おめでたいことでございます」

緑礼は鳴鈴が裾を踏んで転ぶ前に、彼女を優しく止めた。

「こうしてはいられないわ。殿下をお迎えする準備をしなくては」

飛龍が出陣してからというもの、鳴鈴は髪飾りも披帛も置き去りに、侍女以下の質素な装いをしてぼんやりと過ごしていた。

ひと足先に帰ってきた伝令兵によると、飛龍たちは三日後に王府にたどり着くだろうという。ならば、装いや髪型を決めるのは直前でいい。

鳴鈴は帰ってくる兵士たちのための食事の準備をして、酒を多めに買いつけてくるように命じた。

そして次の日。

「私は殿下のお部屋を整えます」

歓迎の準備の指示をあらかた出したあと、鳴鈴は侍女たちにそう宣言した。

「お妃様、それは私たちの仕事で……」

「皆さんは忙しいでしょ。私と緑礼に任せて」

侍女たちは『本当に任せて大丈夫なのだろうか』という疑惑の眼差《まなざ》しを向けてきたが、立場的に鳴鈴に逆らうことはできない。

「では、何かありましたらお呼びください」

諦めたように、彼女たちはその場を去っていった。鳴鈴は動きやすい胡服で、意気揚々と飛龍の私室に向かう。

「お妃様、くれぐれも高価なものを壊したりしないでくださいよ。侍女たちが罰を受けるようなことになったらかわいそうですから」

そこら中のホコリをはたきまくる鳴鈴に、緑礼が言った。

主不在だった部屋は、ホコリが溜まっていた。私室と執政室にいつでも入ることが許された鳴鈴が鍵を持ち、換気をしていたのだが、掃除は侍女たちに止められていた。

飛龍の私室には、皇帝や兄弟皇子から贈られたという外国製の高価な壺《つぼ》や、かけ軸、貴重な書物や硯箱《すずりばこ》……などなどがあるので、おっちょこちょいな妃に破損されてはいけないと思ったのだろう。

「あら、殿下はお優しい方よ。私が何か壊したからって、侍女たちにとばっちりがいくようなことはないわ」

「そうでなくて……とにかく、何も壊さないように気をつけてください」

「はーい」

無事にホコリを払い、床を拭いたあと、鳴鈴が手をつけようとしたのは牀榻だった。

「ここもしっかり綺麗《きれい》にしておかなきゃ」

「私は水を替えてきます」

「お願いね」

緑礼が行ってひとりになった鳴鈴が、牀榻の下に箒《ほうき》を入れると、柄がゴッッと何かに当たる音がした。

「あら?」

牀榻の下に何かがしまってあったのか。高価なものだったらまずいと思い、屈んで牀榻の下を覗き込む。

　そこには虹色に輝く、美しい模様が描かれた箱が置かれていた。鳴鈴は手を伸ばし、それを引きずり出す。

「ああよかった。傷ついてはいないわね」

　螺鈿《らでん》に彩られた漆塗りの箱は、ひと目で高価なものだとわかる。中身が破損していないか確かめるため、床にうずくまり、悪気もなく蓋を開いた。

（……何、これ）

　中身を見て、鳴鈴は声を失った。箱の中、綿と絹の上にのっていたのは、明らかに女物の華美な耳飾りだったのだ。

　金と大ぶりな翡翠《ひすい》でできた耳飾りは、片方しかなかった。せっかくの金が黒ずみ、翡翠は曇ってしまっている。長い間手入れがされていないように見えた。

（どうしてこんなものが、殿下のお部屋に？）

　大事そうに、そして他者から隠すようにしまい込んであったそれに、鳴鈴の胸の奥がざわざわと揺さぶられる。

「わかった！　お亡くなりになった実のお母様のものね。だからこんなに大事そうにしまってあるのだわ」

一生懸命に自分を納得させる答えを出した鳴鈴は、大きなひとりごとでそれを現実にしようとする。けれど、ちっとも心は晴れない。

誰かが、これを飛龍に贈ったのかもしれない。そばにはいられないが、自らの分身として――。

根拠のない悪い想像ばかりが、鳴鈴の頭の中に渦を巻く。

（殿下は、私の他に想う人がいるのかもしれない）

それは一番考えたくないことだった。

なかなか本当の夫婦になってくれないのは、他に想う女性がいるから。そうとは考えたくなくて、見えないふりをしていた。必死で考えないように、無意識のうちに努力していた。

しかし飛龍は、今年の正月で三十歳になった。それなのに、鳴鈴以前に妃を迎えたことがない。

（結ばれない身分の人……例えば妓女《ぎじょ》を一途《いちず》に愛しているとか……）

星稜の都にも花街はある。しかし妓女と皇族の結婚は崔では禁止されており、いくら気に入っても妃として迎えることはできない。

根拠がないといくら自分に言い聞かせても、心はどんどん深くに沈んでいく。

悲しい。つらい。これから先、本当に飛龍に愛されるときがくるのだろうか。

鳴鈴が軽く唇を噛んだ。そのとき――。

「お妃様！」

背後で勢いよく扉が開けられ、びくりと身を震わせた鳴鈴。慌てて箱の蓋を閉じ、元の牀榻の下に押し込んだ。

「どうしたんですか、座り込んで」

入ってきたのは緑礼だった。振り返ると、彼女は肩で息をしていた。

「なんでもないわ。牀榻の下を掃除していたの」

「ああ……早く立ち上がってください。お召し替えを」

緑礼は焦ったような表情で鳴鈴の腕を掴んで、立ち上がらせる。

「お召し替え？」

「急がないと間に合いません」

「どういうことよ、緑礼」

飛龍の私室から出て廊下を歩くうち、王府の中が騒がしくなってきた。きょろきょろする鳴鈴に緑礼が振り返って言う。

「星稜王殿下がお帰りになったのです」

鳴鈴は、ぱちぱちとまばたきをする。

「でも、予定では残り二日はあるはずじゃ」

「予定よりだいぶ早く、お着きになったのです」

「う、う、嘘でしょ〜っ⁉」

事態を呑み込むと、鳴鈴は狼狽《うろた》えた。着飾るのは直前でいいやと思い、化粧もそこそこに、侍女と同等の簡素な格好で掃除をしていたから。

「早く早く、みんな助けて〜っ」

叫ぶまでもなく、衣を持った侍女たちが馳せ参じ、鳴鈴を彼女の部屋に押し込んだ。

そして超高速で着替えさせられた鳴鈴は、なんとか体裁を繕い、凱旋《がいせん》した星稜軍の前に立つことができたのだった。

堂々と凱旋してきた星稜軍を迎え、街は歓喜に沸き立っていた。あちこちから祝いの太鼓や笛の音が聞こえ、「星稜王万歳！」と歓声が上がっている。

鳴鈴は王府の門まで出て、彼らを出迎えた。白馬に乗った飛龍がひらりと地上に降り立つ。それだけで鳴鈴の胸は高鳴った。

「おかえりなさい……殿下」

笑おうとするのに、涙が溢れ、喉がつかえた。

（ご無事でよかった。本当に……）

飛龍は少し疲れたように見えるが、それ以外は出陣するときとなんら変わらない。三日かかると言われた道のりを一日で帰ってきた。どこにも寄り道せず、まっすぐに自分がいるところへ帰ってきてくれたのだ。

五体満足な飛龍の姿を見た鳴鈴は、それだけでじゅうぶんな気がした。

飛龍は無言でうなずき、柔らかな微笑みを浮かべる。そして、具足をつけたまま鳴鈴を引き寄せ、抱きしめた。

「いい子にしていたか、鳴鈴」

飛龍の胸は、血と汗のにおいが混在していた。それでも全然嫌じゃなかった。妹扱いだって今は許せる。

体を離した飛龍に、鳴鈴は涙を拭《ぬぐ》ってやっと微笑んだ。

飛龍もますます目を細める。鳴鈴がその笑顔に見とれていると、彼の大きな手が小さな頬を包む。

その温かさを感じる間もなく、飛龍は鳴鈴の額に描かれた花鈿《かでん》に、そっと口づけた。

「で、でん、か……っ!?」

ぼっと火がついたように熱くなる頬。すぐに離れた飛龍は、不思議そうな顔をしていた。

「嫌だったか」

周りを囲んでいた将軍や兵士たちが、満面の笑みで自分たちを見ていることに気づき、鳴鈴は余計に恥ずかしくなってしまう。

(もしや、『俺は正妃と仲よくしているぞ』という、周りへの訴えかけ？)

それならわかる。そうでなければ、飛龍から自分にこんなことをする理由がない。

「いいえ、嫌だなんて滅相もない。ただ、照れてしまいます」

小さな手で顔を隠す初々しい若妻を見て、飛龍は笑った。

笑いは伝染する。兵士たちも笑い合い、笑い声はいつの間にか歌声に変わる。

故郷に帰ってきた喜びと、星稜王の武勲を称える歌が、いつまでも王府の中に響いていた。


四月。崔の雪は跡形もなく溶けて消え去り、穏やかな陽射しが人々を照らした。

「鳴鈴！　久しぶりねっ」

「会いたかったわ、宇春」

毎年帝城で催される花朝節《かちょうせつ》の宴に招待された鳴鈴は、宇春との再会を喜んでいた。

結婚前に鳴鈴の実家を訪ねてくれて以来会えなかった宇春は、そのあと無事に第三皇子・李翔の妻となった。先月行われた婚儀は戦の最中だったので、鳴鈴が飛龍の代理で参加したのだが、彼女の花嫁姿は天女のように美しく、鳴鈴はため息ばかりついていた。

花嫁は忙しく、鳴鈴はすぐ星稜に帰らなければならなかったので、そのときはゆっくり話すことができなかった。

「とっても素敵よ、鳴鈴。あなたは牡丹花神《ぼたんかしん》ね」

花朝節は、春の訪れを祝う節句。花の神である花神を祀《まつ》る儀式では、山々に向かって供物を捧げ、祝詞《のりと》を詠唱する。そのあとは帝城に咲き乱れる春の花を見ながらの宴である。

皇帝や皇子の妃は花神に扮装《ふんそう》するように定められており、みんな春らしく目にも鮮やかな衣装を身につけていた。

宇春は菊の花神に扮している。元気いっぱいに見える黄色の裙が小麦色の肌によく似合っている。上襦は朱色で、宇春のはつらつとした雰囲気にぴったりだった。

鳴鈴は牡丹の花神。自分で何に扮するか選ぶ前に、飛龍に指定され、衣装もいつの間にか発注されていた。

飛龍はそういうことに気が利く性質ではないので、おそらく翠蝶徳妃が根回ししたのだろう。

額の上に薄紅色の牡丹の絹花をつけ、両横には歩くたびにしゃららと揺れ動く金歩《きんほ》揺《よう》。頭の上にふたつの輪を作る飛仙髻《ひせんけい》を二本の簪《かんざし》が支える。

襦は水色で、下から出る袖や、細かいひだがついた裳《も》は薄い桃色。絹団扇《きぬうちわ》には牡丹と鳥が描かれている。白い披帛や上襦には草花の模様が織り込まれていた。

「星稜王殿下も、喜ばれたでしょう。李翔様も『最高に可愛い』って褒めてくださったわ」

「宇春、本当に綺麗だもの」

今日の鳴鈴の姿を見た飛龍は、喜んでいたのか……実は鳴鈴自身はよくわかっていない。

ほんの少しだけ頬を緩め、『本物の花神かと思った』とは言ったが、『可愛い』や『綺麗』とは言ってくれなかった。

花嫁衣装さえ褒めてくれなかった飛龍だ。きっとそういうのが照れくさいのだろう。

でも……。

（いいなあ、宇春……）

鳴鈴から見た宇春は、この世の春を一心に背負い、喜びで光り輝いていた。見るたびに綺麗になり、艶が増し、今までより強い色気が漂い始めているように感じる。

しかも皇子を名前呼びしている。これはよほど仲がよくないとできない。

(きっと、ご主人様に本当に愛されているのね)

周りを見れば美しい女性ばかりで、鳴鈴は密かに気が滅入る。皇子たちは例のごとく、男ばかりで固まって、見えないところでのんびりしているようだ。

飛龍いわく、領地が離れている兄弟同士が集まるのは行事のときくらいなので、お互いに情報収集のために酒を酌み交わすのだとか。皇帝も皇子同士が仲よくするのを奨励している。それでも、仲が悪い者は輪に寄りつかないらしい。

宇春と庭に出て、桃の花を眺めながら話をしていると、皇太子の正妃である楊《よう》氏が近くを通りかかった。慌てて頭を下げて挨拶すると、楊太子妃は団扇で口元を隠して微笑む。

「あら、新婚の花嫁さんたち。鄭妃、あなたのお話は李翔様からうかがっているわ。とても仲睦まじくしているそうね。何よりだわ」

「はい。ありがとうございます」

次に楊太子妃は、うやうやしく頭を下げる宇春の横の鳴鈴に向き合った。

「徐妃、あなたはいつまでも少女のようね。清らかなままで羨ましいわ」

その言葉に、楊太子妃を取り巻いていた女官たちが、くすくすと笑った。鳴鈴の頬が、かっと熱くなる。

羨ましいとは口先だけで、本心では子供っぽいとバカにしているのは、お人よしな鳴鈴でもわかる。『清らかなまま』というセリフを強調した声が不快な響きを持っていた。

飛龍がうっかり、鳴鈴と共寝したのは初夜だけで、しかも本当の夫婦になっていないことを皇太子の前で漏らし、太子妃まで伝わってしまったのだろう。

「私など、もうおばさんね。既に子供をふたり出産してしまったもの。すぐに三人目、四人目と増えていくでしょう。体が衰えていくわ」

太子妃は優越感に浸った顔で笑う。宇春は鳴鈴の事情を知らなかったので、気遣わしげに彼女を見つめて黙っていた。

「鄭妃、懐妊したらぜひ教えてちょうだい。体にいい食べ物を贈らせていただくから。徐妃はまだまだその可能性はないわね」

恥ずかしさで全身が震えた。宇春が気遣うように肩に手を回す。緑礼も相手が相手なだけに、何も言わずそばに控えていた。

「ありがとう、ございます……」

曇った声で礼を言う宇春。

「頑張ってね、徐妃。夫に抱いてもらえない妃など価値がない。跡継ぎを作れなければ人形も同然よ」

「な……っ」

なんとひどいことを言うのだろう。鳴鈴は、とうとう顔を上げて楊太子妃を睨んだ。

「でもっ、私と星稜王殿下は仲よしなのですっ」

共寝はしなくても、仲が悪いわけじゃない。飛龍は不器用なところもあるけれど基本的に優しいし、初めの頃に比べたら一緒にいる時間も増えた。

ふたりでいると心が安らぐ。共寝をしなくたって、幸せな気分になれる。それではダメなのか。

「ああ、かわいそうな徐妃。そんなに必死にならずとも」

高らかに笑う楊太子妃の後ろから、ある人物が黙って近づいてきた。鳴鈴は一歩下がり、宇春と共に深くお辞儀をする。

ふたりの行動を不思議に思ったのか、太子妃は振り向く。そして、一瞬にして青ざめた。

「なんという意地の悪いことを言うのじゃ」

近づいてきたのは、ふたり連れの女性だった。翠蝶徳妃と、武《ぶ》皇后だ。総勢二十人ほどの女官を従えている。言葉を発したのは皇后の方で、太子妃は滑るように後ずさり、ふたりにお辞儀をする。

「楊太子妃、そなたもまだまだ子供じゃのう。どんな生活を望むかは人それぞれ。共寝せずとも幸せな夫婦はおる。そなたが知らぬだけじゃ」

皇后の言葉に反論する術はない。太子妃はうつむいたきり動かなかった。

「それにね、子供がいなくても私は幸せよ」

皇后の後ろから翠蝶徳妃が本当に幸せそうに言ったので、太子妃はますます小さくなる。宇春が鳴鈴の肘をつつき、したり顔でニッと笑った。

「も、申し訳ございませんでした。失礼いたします」

太子妃は春風のように、ぴゅーっと駆けていく。あっという間に遠くへ行ってしまった。

「困ったのう。次期皇后となる人間があんな差別的な発言をするとは、言語道断じゃ」

「少しは懲りたのではないでしょうか？」

武皇后と翠蝶徳妃が仲よさそうにしているのを、鳴鈴は不思議な気持ちで見ていた。

後宮の女性たちはみんな皇后の座を狙って、熾烈《しれつ》な戦いを繰り広げるというのが世の常というものだが、ふたりの間には比較的穏やかな空気が漂っていた。

「皇子の妃同士がいがみ合うのは悲しい」

「私もそう思います」

翠蝶徳妃は武皇后に同意した。

「では、妾《わらわ》は先に行くとしよう。徐妃よ、あんなのは気にするでない。星稜王はまた素晴らしい武勲をたてたそうじゃな。おめでとう」

「ありがとうございます」

「星稜王は崔の貴重な人材。これからも彼を支えてくりゃれ」

「はいっ」

素直にうなずく鳴鈴に微笑んだ皇后は女官に囲まれ、しゃなりしゃなりと、皇帝がいる亭の方へ歩いていった。

「ところで鳴鈴」

残った翠蝶徳妃が声をかけた。鳴鈴は下げていた頭を上げる。

「あなた、今、本当に幸せ？　飛龍にいけないところがあるなら、私から言ってあげるわよ」

太子妃の発言が気にかかっているのだろう。気遣うような徳妃の声に、胸が痛む。

(あの耳飾り……)

徳妃なら何か知っているだろうか。

あれは鳴鈴の予想通り、飛龍の母親のものなのか。それとも、自分との縁談がくる前、彼には想い人がいたのかどうか。

一瞬でいろんなことを考えたが、結局鳴鈴はそれを胸の奥に押し込めた。

「いいえ、大丈夫です」

皇后ともあろう人が庇《かば》ってくれた通り。そう、何もかも、人それぞれだ。自分たちは自分たちのやり方で幸せになるしかない。

鳴鈴は頑張って笑顔を作った。しかしそれは、緑礼や宇春をますます心配させるような、ぎこちない笑みだった。

「でも、今日はしばらくひとりにしてください……宇春、ごめんね。緑礼も……」

消え入るような声で言った鳴鈴は、とぼとぼと歩き出した。

宮殿の中の一室で、皇子たちは酒を飲んでいた。開け放たれた窓からは、美しく咲き誇る花々と、花神に扮した妃たち、そして女官や侍女たちが見えた。妃たちも疲れた者は宮殿内で休んでいるようである。

「いやあ、結婚っていいものですね」

先月結婚したばかりの第三皇子・李翔ののろけが炸裂《さくれつ》する。その場にいた皇太子・浩然と、飛龍、第五皇子、第六皇子は苦笑した。今日一日で何度同じ話を聞かされたかわからないからだ。

「俺は未婚の頃の方が気楽でよかったよ」

「それは兄上が立太子されたからです」

皇太子は多くの子供を残さなければならず、正妃だけでなく側妃も娶らなければならない。半ば強制的にだ。

寵姫を持てば、後宮は女たちの嫉妬で荒れる。持たなければ持たないで、正妃側妃入り乱れての仁義なき次期皇后の座争いが巻き起こる。

自分が産んだ子を未来の皇太子にするため、他人の子を平気で流産させたり殺そうとしたりする事件が、いつの時代もあとを絶たない。

皇帝や皇太子は、なるべく後宮を穏便に保つため、平等に妃たちを渡り歩き、気を使わねばならない。そういう宮廷生活が気楽なわけはない。

「とにかく宇春が可愛くて仕方ないんです。女性の体ってあんなに柔らかいものなんですね。触れているだけで心が休まるというか……」

「もういいよ、李翔。お前が鄭妃をどれだけ溺愛しているかはよくわかったから」

穏やかな顔立ちの浩然が笑う。飛龍もつられて笑った。

「それより俺は飛龍の方が心配だ。徐妃に何か問題でもあるのか？」

浩然が話を振ってきたので、飛龍はたちまち笑うどころではなくなった。

先ほど、兄弟たちがしつこく鳴鈴との結婚生活について尋ねてくるので、つい言ってしまったのだ。

『俺は鳴鈴に指一本触れていない。彼女はいまだに純粋だ』と。

言ってしまってから、失敗したと気づいた。浩然のそばに楊太子妃がいるのを忘れていたからだ。

浩然は思慮深く真面目で、彼にそう言ってもなんら問題はなかっただろう。けれど、妃たちの間で鳴鈴がいまだに処女妻だと思われることは躊躇《ためら》われた。

女たちは怖い。華麗で優しいように見えて、実は底意地の悪さを持った者もいる。鳴鈴が虐《いじ》められないかと心配になり、ごまかすようにその場から一旦離れた。

皇子たちだけならよかろうと、再び浩然が話を振ってきたので、弟たちが興味津々といった目で飛龍を見つめてきた。彼は咳払いをして答える。

「鳴鈴に問題などありません。ああ見えて年相応の常識はあるし、性格は明るいし、意外に打たれ強い。さすがに、暴走そり事件は驚きましたが……」

飛龍が二月の話をすると、弟たちは眉をひそめた。

「意外におてんばなんですね」

「でも、明るい性格ならいいじゃないですか。見た目も可愛らしいし。なぜまだ……」

第五皇子、第六皇子が話しているところに李翔が割り込む。

「ちゃんとしないと愛人を作られますよ、兄上。それでいいんですか。自分の子孫を残したいと思わないのですか」

だいぶ酒を飲んだのか、詰め寄ってきた李翔の口から独特のにおいがして、飛龍は座ったまま窓際に後ずさった。

緑礼が鳴鈴の臥所にいたとき、少し苛立《いらだ》ったし、彼女が女性と知ったときに安堵したことはしっかり覚えている。他の男が鳴鈴に触れるのを想像すると、やはり苛立つ。

愛人を作られるというのは、そういうことだ。想像するだけで腹の中心辺りがむかむかするが、子孫を残したいかどうかはまた別だ。

「もう少し、あっちが大人になったらな」

苦し紛れの言い訳を、李翔が指摘する。

「俺の宇春は徐妃様と同い年ですよ。彼女だってもう十九になったのでしょう。じゅうぶん大人ですよ」

「あ、ああ、そうか」

「そうか、じゃありません。妃を娶ったなら、ちゃんと愛してあげるべきです。徐妃様がかわいそうじゃないですか！」

燃え上がる李翔を、浩然が「まあまあ」となだめた。

「飛龍にもいろいろと思うことがあるんだろう。あのことを、お前も忘れたわけじゃあるまい？」

穏やかな声でそう言われ、李翔は動きを止めた。そして、しゅんとうなだれる。

「それはもう忘れてください。李翔も気にするな。ほら、お前の可愛い宇春は、どこだ？」

窓枠にもたれ、格子の間から外を覗く。

（我ながら、話題転換が下手すぎるな）

しかし兄弟たちも、それ以上鳴鈴の話題は挙げなかった。李翔が近寄ってきて窓の外を指差す。

「あれですよ。綺麗でしょう。朝から何度綺麗だと言ったことか」

庭にいた黄色の裙を着た女性に、李翔が勢いよくぶんぶんと手を振る。

（綺麗、か。確かに）

弟が溺愛する妃は確かに美しい。鳴鈴と同い年とは思えないほど大人びている。いや、鳴鈴が幼く見えるだけか。

（かわいそう……）

李翔の言葉が飛龍の頭の中でこだまする。

女性として愛してもらえず、綺麗だとも可愛いとも言ってもらえず、妃の中で肩身の狭い思いをして生きていく。鳴鈴のそんな姿を想像すると胸が痛んだ。

（確かに、それはあんまりだな）

気づけば目が勝手に、鳴鈴の姿を探していた。

妃を娶ることを拒否していたのは、過去に飛龍が遭遇した、ある出来事が起因している。だが、娶ってしまったからには、彼女を幸せにする義務が自分にはあるのでは、と飛龍は考え始めていた。

「ん？」

「どうしました」

「一緒にいない。おかしい」

鳴鈴は翠蝶徳妃か宇春しか気楽に話せる相手がいないはず。けれど宇春は別の妃と話しており、そのそばに、鳴鈴から離れるはずのない緑礼が、周りを気にするようにきょろきょろとしていた。

胸騒ぎがして、飛龍は立ち上がる。

「外に出てくる」

「え、じゃあ俺も！　宇春のところに行く」

「勝手にしろ」

酔っぱらいの面倒を見る気はない。飛龍はふらふらと怪しい足取りの李翔を捨て置き、駆け出した。

そして庭に出た飛龍は一目散に緑礼の元に駆けつけ、鳴鈴の居場所を尋ねた。

「すみません。ついさっきまで目で追ってはいたのですが」

緑礼自身、鳴鈴が突如視界からいなくなって慌てていたところだという。

帝都には相変わらず賊が頻出している。鳴鈴の他にも、襲われた貴族はあとを絶たない。あのとき会った賊は上等な服を着ていた。貴族の息のかかった者だとすれば、城の中を出入りしている可能性もある。

怖がらせないように、鳴鈴の前で賊の話題を挙げるのは避けてきた飛龍だったが、こうなるとちゃんと言い聞かせておくべきだったと後悔する。

「どうして鳴鈴をひとりにした」

緑礼を詰問すると、事態を察知したのか、宇春が駆け寄ってきた。

「鳴鈴は、ひとりになりたいと自分で言ったのです。星稜王殿下のせいですわよ」

宇春はつり目をますますつり上がらせ、遠慮もなく飛龍を睨んだ。

「俺の？」

わけがわからない飛龍に、宇春は手短に楊太子妃に嫌味を言われたことを話した。

「鳴鈴はとっても恥ずかしくて、悲しかったはずです。早く探して、慰めてあげてください」

宇春はそれだけ言って、近づいてきた李翔の方に歩いていってしまった。非常に気まずくなったその場の空気をとりなすように、緑礼が切り出す。

「殿下、お妃様を」

早く探さなければ。胸騒ぎが嫌な予感に変わっていく。飛龍は緑礼と手分けして鳴鈴を探すことにした。

星稜王府と同じくらいの広さの庭を駆け回る。行き違った女官に鳴鈴を見ていないか尋ねると、「そういえば、牡丹の絹花をつけた若い女性が溜池の方に歩いていきました」と言う。庭の隅にある溜池は、庭中の草木の水やりに使うために作られたという。鑑賞用の美しい池ではないため、おかしいと思ったが、急ぐ用事があったので声をかけられなかったらしい。

飛龍は迷いなく、溜池の方へ駆けていった。城の敷地内にいくつもある宮殿を区切る、背の高い壁が見えてくる。そうすると人気が全くなくなった。

「鳴鈴！　どこにいる⁉」

叫ぶが、返事は聞こえない。

やっと溜池が見えてきたと思ったら、そのほとりにぽつんと立つ鳴鈴の姿が。悲しそうにうなだれる様子に、飛龍の胸は掻き乱された。

悪いことをしてしまった。あんなこと、太子妃の前で言わなければよかった。適当に嘘をついておけば、と考える。

（鳴鈴に言ってやればよかった）

適当に濁すのではなく、牡丹の花神に扮した鳴鈴を『綺麗だ』『可愛い』と。ちゃんと褒めなければいけなかった。

心ではそう思っていたのに、照れてしまって口には出せなかった。『自分は愛されているのだ』と安心させてやっていれば。

そういう小さなことの積み重ねが、きっと鳴鈴の心を傷つけていたのだ。だから、くだらない嫌味を言われたくらいで、ぽきりと心が折れてしまったのだろう。

「鳴鈴！」

大声で名前を呼ぶと、幼い妃はふっとこちらを向いた。その瞬間、後ろの茂みから突如現れた人影が彼女の背後に立つのを、飛龍は見た。

「あ……っ」

『危ない！』と叫ぶ暇もなかった。人影に突き飛ばされたのか、鳴鈴の体がぐらりと揺らぐ。小さな足が滑り、大きな水音をたてて池の中に落下した。

人影はすぐ茂みの中に戻っていく。その手にきらりと何かが光ったのが見えた気がして、飛龍は総毛立った。

全力で駆けながら、重い上衣を脱ぎ捨てる。そして迷いなく池の中に飛び込んだ。

（鳴鈴、どこだ）

暗い池の中は無数の藻が揺れていて、飛龍の視界を遮る。自分の長い髪の毛すら、彼の行く手を邪魔した。

（いた！）

やっと見つけた鳴鈴は気を失っているようだった。もがく気配すら見せない。

（まさか、刺されて……）

藻を掻き分けて必死で泳ぎ、鳴鈴の体をきつく抱く。衣装が水を吸って重くなっていたが、諦めるわけにはいかない。

鳴鈴を抱いたまま、片手でもがいてなんとか水面に出ることに成功した。そこに緑礼と李翔が駆けつけてくる。

「お妃様っ！」

ふたりは協力し、飛龍と鳴鈴の体を引き揚げた。荒く息をしながら、鳴鈴の頬を叩く飛龍。

「鳴鈴、しっかりしろ、鳴鈴！」

意識は戻らない。小さな唇が紫色に変色していくのを見て、彼女のあごを上げた。息を吸い、唇を合わせて鳴鈴に吹き込む。何度かそれを繰り返すと、彼女は少量の水を吐き出し、呼吸を取り戻した。

「なんてこと。ひどいわ！」

遅れて到着した宇春が、取り乱して泣き出した。

飛龍はそれを見て罪悪感でいっぱいになる。鳴鈴の体に、緑礼が差し出した上衣をかけようとした、そのとき——。

（これは……）

飛龍の目に留まったのは、裂けた鳴鈴の帯だった。やはり刃物で刺されたのだ。血がにじんでいないことを不思議に思ったが、絡まっている帯を急いでほどく。そこからぽろりと、見覚えのある銅鏡が転げ出た。

装飾の龍が無残に傷ついていた。鏡が刃を受け止めたのだ。

（どうして。誰が鳴鈴を？）

腹わたが煮えたぎる思いをどうにか抑え、飛龍は鳴鈴の体を抱いて歩き出した。

自分が贈ったものを、彼女が肌身離さず持っていたことを嬉しく思う余裕は、今はなかった。

伍《ご》　美男と餅

ぼんやりと目を開け、数度まばたきする。

（ここは、どこだったっけ……）

鳴鈴は靄がかかったような頭で、直前の記憶を思い出そうとする。

楊太子妃と顔を合わせるのが嫌で、宴が終わるまで隠れていようと庭の端まで歩いていたら、溜池が見えた。

別に何か目的があったわけじゃない。池の中に亀でもいるかしら、と軽い気持ちで近づいた。

池の中は緑色で汚かった。水中には藻しか見えず、がっかりしたけれども、少し安心する。

こんなところに誰かが来るわけない。ひとりでぼんやりするいい場所を見つけた。

そう思った鳴鈴は、池のほとりでぼんやりしていた。

やがて、自分を呼ぶ声が聞こえて驚いた。その声は飛龍のものだったから。

ぱっと顔を上げて飛龍の方を見る。彼はなぜか、切羽詰まったような顔をしていた。

そのときだ。後ろから、何かに突かれた。

硬いものが、帯に入れていた鏡に当たって跳ね返った。体当たりするような衝撃に、鳴鈴はよろける。そして――。

思わず自分の喉を押さえる。

（あのとき、すぐに息が苦しくなって、気が遠くなってしまって……）

生まれてから一度も泳いだ経験のない鳴鈴は、何をどうしていいかわからず、混乱しすぎてもがくこともできず、一瞬で気を失ってしまったのだった。

ぞくりと全身が震える。自らが完全に死に向かっていたことを思い出した途端、怖くなった。

「気がついたか」

褥の中で丸まっていた鳴鈴に、背後から声がかけられた。びくりとして顔を出すと、牀榻の柱のそばに飛龍が立っている。

「殿下……」

飛龍がいるということは、ここは黄泉《こうせん》ではない。自分が生きていると理解した鳴鈴は、ほっと息をついた。

「私、どうやって助かったのでしょう？」

「溺れたことは覚えているのか」

飛龍が牀榻の縁に座り、鳴鈴の髪を撫でる。

心配そうな顔をしている彼の瞳に、髪も結わず、化粧もしていない自分の顔が映る。恥ずかしくて、手で顔を半分隠した。

「ええ……ぼんやりと」

「下手人の姿は？　見たのか？　覚えているか？」

畳みかけてくる飛龍の顔が近づいてくる。鳴鈴は必死に思い出そうとしたが、できなかった。

「突かれたあのとき、私は殿下の方を見ていましたもの。つんのめって、なんとかしようとワタワタしたけどできずに、そのままドッボーン……でした」

鳴鈴が説明すると、周りには、殺人未遂事件もマヌケな日常と変わりなく聞こえる。

池に落ちる前のほんの一瞬、自分の衣の間から誰かの姿が見えたような気がするけど、混乱していたせいか全く覚えていない。

「そうか。今、緑礼が宮殿の警吏と一緒に下手人を探している」

ということは、ここはまだ帝城の宮殿内だ。自分を狙った下手人が近くにいるかもしれないと思うと、鳴鈴の気持ちは落ち着かなくなる。

「彼女が戻ってくるまでは俺がここにいる。心配せずに休め」

大きな手で頭を撫でられると、それだけで不安が消え、体中がぽかぽかと温まっていくような気がする。

鳴鈴はほんわりと温まる頬を隠しつつ、ふるふると首を横に振った。

「下手人探しなんて、しなくていいです」

「しかし、そういうわけにはいかない。下手人はお前を殺そうとした」

目をつり上げて怒る飛龍は、鳴鈴の頭から手を放した。

「びっくりさせようとしたんじゃない。短剣で刺されたんだぞ。鏡を帯に入れていなければ、今頃は……」

「あっ、そうだ、あの鏡！　せっかく殿下にいただいた鏡。あれは今どこですっ？」

がばりと飛び起きた鳴鈴に頭突きされそうになり、飛龍はのけぞった。

「ここだ」

飛龍の懐から出てきた鏡を受け取った鳴鈴は、一瞬ほっとした。磨き込まれた鏡面は割れておらず、幼く見える顔を映し出す。

しかし、くるりとそれを裏返した鳴鈴は絶望した。龍の彫刻に、無残な傷がついてしまっている。

「あああ……」

隙間風に似た声を出し、うなだれた。

「せっかく殿下が私にくださったものなのに……」

飛龍にもらったものはすべて大事だが、その鏡は特別だった。鳴鈴は龍と鈴が同居する、他の女性ならば喜びそうにないその鏡を見るたび励まされてきたから。

戦で離れ離れになっていても、ひとり寂しく寝る夜――つまりは毎晩だが――それを見るたびに、飛龍の存在が自分のそばにあるように感じられた。

「それほど落ち込むことか」

「当たり前です」

鏡の傷を撫でて涙目になっている鳴鈴に、飛龍は呆れたような視線を向ける。

「俺はそんなもの、どうなったっていい」

「ひどい！」

「お前が無事なら、他のものはどうなっても構わない。鏡はいくらでも作ってやれるが、お前は失ったら代わりがいない」

憤慨していた鳴鈴が言葉を失う。すると、飛龍は腕を伸ばし、そっと彼女を抱き寄せた。

「無事でよかった」

低い声が耳元で響く。鳴鈴の体温が一気に上がった。

「すまなかった。俺が太子妃の前で口を滑らせたばかりに、お前をひとりにさせてしまった」

やっぱり、太子妃は飛龍と自分が本当の夫婦になっていないことを、彼自身の口から聞いたのだ。だからあんなに自信満々に嫌味を言ってきた。そう鳴鈴は納得した。

「お前が池に落ちたときは肝が冷えた。つらい思いをさせてすまない。許してくれ」

鳴鈴を抱く腕に力がこもる。なぜか鳴鈴の胸はちくりと痛んだ。

（許してくれ、だなんて……）

太子妃の言動には腹が立ったし、宇春に比べて子供っぽい自分が嫌で落ち込みもしたけど、飛龍を責める気はなかった。

それに、池に落とされたのは下手人のせいであって、飛龍は関係ない。

「謝罪などしないでください。私を池から引き揚げてくださったのは、殿下ですね？」

「ああ……」

飛龍の着物も、宴のときよりだいぶ簡素で動きやすい胡服に変わっている。鳴鈴を助けるために池に入ったあと、着替えたのだ。

「殿下は私を助けてくださいましたわ。二度も」

「二度？」

飛龍が体を離す。怪訝《けげん》そうな顔に、傷ついた鏡が差し出される。

「ね。殿下がいなければ私は死んでいました」

鏡の龍が身代わりになって自分を守ってくれた。鳴鈴はそう感じていた。

「ありがとうございます、殿下」

微笑む鳴鈴に、飛龍は傷ついたような顔を見せた。眉が下がり、形のいい唇が歪《ゆが》む。

「礼なんて言わないでくれ」

彼はそれだけ言って、口をつぐんでしまった。眉目秀麗な顔には濃い後悔の色が浮かんでいる。胸を締めつけられた鳴鈴は、思わず彼の袖を掴んでいた。

「私のお願いを聞いていただけますか？」

見上げると、飛龍は少し考えてからうなずく。

「なんなりと」

「ありがとうございます。では、一刻も早く星稜王府に帰りとうございます」

帝城や都には、さまざまな人の思惑が蠢《うごめ》いている。恨みや妬み。権力争いや略奪。きらびやかに見えて、その分、人の奥底が見えなくて怖い。味方だと思っていた人物さえ疑ってかかりそうになる。

「……そうか。そうだな。明日の朝まで休んだらすぐに帰ろう。下手人探しを警吏に任せておくのは心もとないが」

飛龍は怒りが収まらないらしく、『下手人』と口に出した途端、恐ろしい顔をする。

「それにしても、どうして私が狙われたんでしょうか。私を殺して、誰が利益を得るのか……」

ふと口をついた疑問が、鳴鈴自身を悩ませる。皇帝や皇太子ならともかく、鳴鈴は第二皇子の妃だ。彼女を殺したとて、なんの利益があるだろう。

「もしや、私が気づいていないだけで、とんでもない恨みを買ってしまったとか」

ぶるぶると青くなって震える鳴鈴を、飛龍は呆れ顔で見つめた。

「お前に限って、ないだろう」

「いいえ、わかりません。もしかしたら、私の他に殿下をお慕いしていた娘さんがいらっしゃるんじゃないでしょうか。だから、あっさりと妃になった私を恨んで……」

鳴鈴の脳裏にふと浮かんだのは、あの翡翠の耳飾り。

（もしや、殿下の恋人が、私を憎んで殺そうと？）

それくらいしか下手人の動機に思い当たる節はない。

口を押さえて視線を外す。そうだとしたら、勢いだけで、言ってはいけないことを思いっきり言ってしまった。鳴鈴はひとりで青くなる。

「それは、下手人を捕まえてみればわかることだ」

飛龍は否定も肯定もせず、ぽんぽんと鳴鈴の頭を軽く叩く。

「余計なことは考えなくていい。朝までゆっくり眠れ」

あまり考え込みすぎるのは体に毒だということだろうか。それとも無理やり話題を変えたかったのか。飛龍の冷静な顔からは何も読み取れず、諦めた鳴鈴は黙ってうなずいた。

「まぶたを閉じても、そばにいてくださる？」

ひとりになるのは怖い。いくら宮殿の中とはいえ、帝城の庭にまで入り込める下手人がまだ近くにいるかもしれないと思うと、安心はできない。

「ああ。何も心配しなくていい」

穏やかに微笑んだ飛龍。鳴鈴はほっとして、横になった。

何気なく投げ出した手を、飛龍の大きな手がそっと握る。鳴鈴はびっくりして、閉じようとしていた目を見開いてしまった。

そういえば、風邪をひいたときもこうやってそばにいてくれた。じわりと目に涙が浮かんでくる。

飛龍が他の誰を好きでも諦めることはできない。鳴鈴の想いは日に日に増すばかり。

(でも、殿下は幸せなのかしら……)

愛おしい人が一緒にいてくれるだけで、自分は幸福なのだと実感する。一方、飛龍はどうなのか。

心の中の疑問を、飛龍に問いかけることはできなかった。その答えを聞くのが、怖かった。

翌朝起床した鳴鈴は、用意された朝餉《あさげ》を完食し、周囲を安心させた。

星稜王府に帰る支度を整え、皇帝に挨拶に行く。隣にはもちろん飛龍がいた。

通された部屋に入ると、皇帝と武皇后が並んで座っていた。飛龍と鳴鈴はそろって頭を下げる。

「予定より早くはありますが、これにて失礼いたします」

「徐妃は怖い思いをしたのう。無理をせずとも、ここにゆるりと滞在していってよいのじゃぞ」

素っ気ない飛龍の挨拶に、武皇后が返した。

ありがたい申し出だが、鳴鈴としても飛龍としても、帝城に長居したいとは思わなかった。下手人がそばにいるかもしれないのだ。

「ありがとうございます。もう大丈夫です」

鳴鈴がより深く頭を下げると、皇帝が口を開く。

「それはよかった。そうそう、飛龍には古斑との戦の褒美《ほうび》を取らそうと思っていたのだ。遅くなってすまんな」

眉目秀麗な飛龍の顔は母親譲りなのかと思いきや、父である皇帝に意外に似ている。鳴鈴も初めて皇帝の顔を直接見たときは驚いた。

皇帝はとうに五十歳を超えているとは思えない若々しさを保っていた。少々強引で野心的なところもあるが、民の評判は悪くない。

まだまだ頭の回転も衰えていないということだが、体力的な問題から、そろそろ皇帝の座を浩然に譲るのではないかという噂が宮廷内で囁かれていた。

「褒美なら、もういただきましたが」

戦が終わってすぐ、飛龍は帝城を訪ねて戦の報告をしていた。そのとき、食料や金子、芸術品などなど、それ相応の褒美をもらっている。

首を傾げる飛龍に、皇帝はいたずらっぽく笑った。

「あれは基本報酬だ。手柄を上げたおぬしに、特別な褒美をやろう」

「それはいったい……」

「聞いて驚け。崔が誇る選りすぐりの美姫《びき》二十名だ！」

皇帝が立ち上がって両手を広げる。しかし、武皇后も飛龍も、眉をひそめて固まってしまった。

「美姫……二十名……」

鳴鈴もそれ以降は言葉を失った。

皇太子以下の皇子が娶ることのできる側妃は、四人までと決められている。それなのに、二十人の女性を褒美として与えるとは。

「まだ子がいないおぬしを心配しているのだ。おぬしが気に入った者を妃にすればいい。次代星稜王が産まれれば、領地の民も安心するだろう」

武皇后が皇帝を軽蔑するような目つきで睨んだ。鳴鈴も顔に出さないように気をつけたが、胸がむかむかした。

（殿下のお子が産まれないのは、私が悪いからって言われているみたい。ひどい）

女性は子供を産むためだけにいるのではない。しかし、皇帝の前でそれを発言するのは不可能だった。

（殿下、どうするのかしら）

見上げた飛龍の横顔は、既にいつもの冷静さを取り戻していた。

いくら息子でも、皇帝の褒美を拒否することは許されない。どうするのかとはらはらしていると、飛龍が口を開く。

「せっかくですが、二十名の側妃をいただいたとしても、私は誰ひとり懐妊させることができません」

「なぬ⁉」

その場にいる誰もが、飛龍の発言に呆気に取られた。

「おぬし、まさか……子種がないのか？　侍医にそう診断されたのか？」

ぶるぶると震えている皇帝。飛龍は冷静な顔で言い返す。

「いいえ、そういう意味ではなく。私の心は、徐鳴鈴ひとりのものだからです。妃は彼女だけで結構。他の姫を抱く気には到底なれません」

「へっ⁉」

信じられない言葉に、鳴鈴が驚いて目を剥く。

「今までは、まず心を通わせる時期と思いつつ、若い妃を怖がらせないように自制をしておりました。しかし父上が私の跡目をお望みなら、今晩から子作りに励むことにいたしましょう」

まるで別人みたいなものの言い方をする飛龍に、真っ赤になって口をぱくぱくさせるしかできない鳴鈴。

「うむ……そうか！　翠蝶徳妃の推薦で徐妃を娶らせたはいいが、年の差がありすぎてうまくいっていないのかと心配しておったのだ。仲がよさそうで安心した」

「何もご心配なく」

「最初は優しくしてやるのだぞ」

「心得ております」

上機嫌で笑う皇帝。武皇后の表情も緩んだ。

和やかな雰囲気で終えた謁見のあと、長い回廊を先に歩く飛龍の後ろを、鳴鈴はぎくしゃくとした足取りで追いかける。

「あ、あ、あのう、殿下……」

声をかけただけで、飛龍はくるりと振り向くと同時に口を開く。眉間に皺が寄っている。

「さっきの発言のことなら、望まない褒美を拒否する方便に過ぎない」

鳴鈴は立ち止まり、口をつぐんだ。

やはり、飛龍が自分を愛しているわけないのだ。いきなりの溺愛発言はおかしいと思った。

容赦ない言葉の衝撃でしょんぼりとうつむくと、その場をとりなすような低い声が聞こえてきた。

「……子作りどうのというのは方便だが、妃はお前ひとりでいいというのは本当だ」

「えっ」

鳴鈴が顔を上げると同時に、飛龍はぱっと背中を向けてしまう。

(殿下が何を考えていらっしゃるのか、さっぱりわからない……)

自分を愛してくれているとしたら、それ以上に嬉しいことはない。しかし、『他に愛する人がいるから、これ以上、妃はいらない』ということなら悲しい。

(宇春みたいになれたらいいのに)

殿下は私をどう思っているのですか？　他に好きな人がいるのですか？　宇春なら単刀直入に聞くだろう。

なんとも微妙な気持ちで飛龍の背中を追いかける。すると、彼の右手がひらひらと動いた。

（ん？）

なんの合図だろう。わからないまま黙っていると、飛龍が立ち止まった。右手は、ひらひら揺れる動きから、握ったり開いたりに変わる。

（もしや……）

鳴鈴はおずおずと自らの手を差し出した。そっと飛龍の指先に触れる。すると彼は罠《わな》にかかった獲物を捕らえるように、小さな手をぎゅっと包み込んだ。

「行くぞ」

「は、はいっ」

飛龍の手に引かれ、鳴鈴は回廊を歩き出した。

そのすぐあと、飛龍と鳴鈴は宇春や皇太子、皇子たちに別れを告げ、帝城をあとにした。

帰りの馬車が一台増えた。それには皇帝から下賜された、二十人分の衣装が作れそうな量の美しい反物が積まれていた。

その帰りの馬車の中で、鳴鈴は緊張していた。

なぜかというと、先日まではどこに行くにも馬でさっさと先頭を走っていた飛龍が、同じ馬車に乗っているからだ。

　小さな車箱の中に向かい合って座ると、飛龍のあぐらをかいた膝と鳴鈴の膝がぶつかりそうになる。

（責任を感じていらっしゃるのかしら）

　鳴鈴が池に落とされたのは、自分が彼女をひとりにするような発言をしたからだと、飛龍は思っているらしい。

「宇春が、今度あちらの王府に招いてくれるそうです」

「ああ。帰り際にそう言っていたな」

　沈黙に耐えられない性質の鳴鈴が口を開くと、飛龍は言葉少なに応じた。

「鄭妃といると楽しいか」

「ええ。宇春と一緒だと、とても明るい気分になれます」

「いい友人ができてよかった。お前が鄭妃の元へ行くときは俺も同行しよう」

　鳴鈴は驚いた。今までの飛龍なら、『勝手に行ってこい』と言いそうだったから。

「そこまで過保護にならずとも、大丈夫ですよ」

　李翔の治める魁斗《かいと》の国は、帝都からそれほど離れていないとはいえ、先日の下手人が魁斗王府まで来るとは鳴鈴には思えなかった。

「下手人のことだけじゃなく、いろいろと……目が離せないんだよ、お前は」

楊太子妃に嫌味を言われたことまで、気にしているのだろうか。

（目を離した隙に誰かに虐められ、ぽつんとひとりになっていてはまた狙われると？）

鳴鈴は妙に感心してしまった。いつの間にか本当の娘みたいに思われているようだ。

会話が途切れたとき、ちょうど馬車の外が騒がしくなってきた。

星稜王府に帰るには、帝城の周りをぐるりと囲む帝都の城下街を通っていく。地方の村と違い、帝都は活気づいているようだ。見世物小屋の呼び込みや、若者たちがにぎやかに話す声が聞こえてくる。

そのうち、風にのってやってきた芳しい香りが鳴鈴の鼻をくすぐった。腹が素直に、ぐううと音を出す。

「……腹が減ったのか？」

「い、あっ、いいえ」

咄嗟《とっさ》に否定する鳴鈴だったが、その言葉に被さるように、再度腹から音が鳴った。

恥ずかしさで体が縮こまってしまいそうになる。宮廷の豪華な朝餉をぺろりと平らげてから、さほど時間は経っていないというのに。

「少し停まろう」

笑いをこらえるような顔で飛龍が言った。彼が簾から顔を出して指示すると、すぐに馬車は停まった。

ひらりと地上に降り立った飛龍が、手を差し伸べる。

「おいで」

鳴鈴は彼の手に掴まり、そろそろと馬車から降りる。近くには別の馬車に乗っていた緑礼もいた。

帝都の城下街に来るのは初めてではない。父と一緒に何度か遊びに来たことがある。花朝節の余韻が残っている街には、いつも以上の活気があった。どの商店の軒先も花で飾られ、春の景色を華やかに彩っている。

「にぎやかですね」

緑礼がにこやかに鳴鈴に話しかけた。

踊り子が舞い、笛や太鼓の音が空まで響く。芝居小屋の垂れ幕がひらひらと風に揺れ、中から観客の笑い声が聞こえてきた。

「あっちだ」

飛龍が指差した先に、餅《ピン》を焼いて売っている屋台があった。鳴鈴が反応するより早く、彼が手を引いてそちらに近づいていく。

「へい、いらっしゃ……」

餅を焼いていた屋台のオヤジが顔を上げて固まった。明らかに身なりのいい、しかも長身で眉目秀麗な男が自分を見つめていたからだろう。

「おいしそうですね」

「ええ。本当に」

緑礼の言葉に、鳴鈴は勢いよくうなずいた。

「こっちのは、普通の肉餡《にくあん》の餅です。貴族様、こちらはいかがですか。生地に胡麻を練り込んで、豆と砂糖で作った甘い餡を包んだ餅です。外国から伝わった珍しい餡ですよ」

緊張しつつも新商品をすすめてくるオヤジに、飛龍は冷静に値段を尋ねた。

普通、餡餅《シャンビン》といえば肉や野菜が入っていて、甘いものは珍しい。というのも、窪で砂糖が作られ始めたのはつい最近で、庶民にはまだまだ高価だから。なので少し値が張ったが、飛龍は躊躇しなかった。

「ふたつくれ」

「あ、はいっ」

オヤジは焼きたての餅を竹の皮に包み、飛龍に渡す。しかし彼は自分でそれを口にしようとはせず、さっと鳴鈴に渡した。

「味見しろ。ひとつは緑礼に」

「私まで、いいんですか？」

予想外だったのか、緑礼が目を丸くする。

「鳴鈴はなんでもうまそうに食うからな。お前がちゃんと味を確かめてくれ」

「えー。殿下、私をバカにしています？」

飛龍を睨み、鳴鈴は餅をかじった。温まった柔らかな餅と餡が、口の中をほんわりと優しい甘みで満たした。

「ん〜ふっ」

幸せそうに頬を緩める鳴鈴の横で、緑礼が同じものを食べて言う。

「これは意外においしいですね。砂糖はほんの少しでしょう。見た目よりあっさりとしています」

「そうか」

飛龍はうなずくと、オヤジに向き直った。

「二十個、用意できるか」

「へえ？」

「ここにいる全員分だ」

　飛龍が指差した先には、星稜王府から共に来た側近や護衛の兵士、鳴鈴の世話をする侍女たちなどなど……がいた。

　皇子の旅の供にしては少ない気がするが、飛龍に言わせると、多すぎても浩然の周囲に嫌味を言われるし、少なすぎてもなめられてしまうので、その微妙な線を考えた数らしい。

「あ、やはり五十個だ。俺の妃は甘いものが好きみたいだから」

　はふはふと餅を頬張る鳴鈴を見て、飛龍は追加注文した。なぜか倍以上の数を。

「殿下、いくらお妃様が甘いものが好きでも、それほどたくさんは食べられませんよ」

　緑礼が言うと、飛龍は「そうか」とうなずき、二十個分の代金を渡す。オヤジはほっとした顔をした。

「すぐに焼きますので、お待ちください！」

　二十個ならなんとかなると思ったのか、目の前の鉄板の上に新たな餅を並べて焼き始める。

「少し休憩だな。辺りを偵察してくる。浮かれた狼藉者《ろうぜきもの》がいないとも限らない」

「では、お妃様と私はここで……」

「いや、鳴鈴は一緒に連れていく。お前はここで待て」

餅を平らげて水をもらい、ぷはーと息をついた鳴鈴の手を、飛龍は握った。

「ははあ。夫婦水入らずで城下街の見物に行きたいなら、そうおっしゃればよろしいのに」

緑礼はいたずらっ子のように口の端を上げる。

「そうだな。たまにはふたりきりにしてくれ、緑礼。では」

不快な表情も見せず、鳴鈴には聞こえないくらいの小声で即座に切り返した飛龍。

緑礼は一瞬言葉を失ったが、たちまち破顔した。

「ははっ、喜んで。お妃様、いってらっしゃい！」

「え、ええ？」

よくわからないまま、鳴鈴は飛龍に手を引かれて歩き出す。背後では、飛龍に注文されて焼き上がった餅が星稜王府の人々に配られていた。

「殿下はお優しいのですね」

鳴鈴が言った。甘いものを食べ、飛龍に手を繋がれてふたりきりで道を歩く彼女は、幸福で満たされていた。

「何が？」

「みんなの分まで、餅を」

富を独り占めするのではなく、周りに分け与える飛龍を尊敬していた。

餅の出費は大したことないが、干ばつによる飢饉《ききん》が星稜に訪れたとき、彼は王府の食糧庫を開き、自らの財産をはたいて民を助けたと緑礼に聞いたことがある。

「それだけで人格を評価してもらえるのか。お前の信用を得るのは容易《たやす》いな」

皮肉めいた笑いを浮かべる飛龍。しかし鳴鈴は皮肉を言われたとは思わず、微笑みで返した。

「あっ。殿下、あれはなんでしょう！」

遠く離れた異国の地から届いた陶磁器や絨毯《じゅうたん》、織物などを見るたびに、鳴鈴は駆け出していく。飛龍は大股で歩き、彼女から一瞬たりとも目を離さないように気をつけていた。

「殿下、殿下、この子すごいんです！　人の言葉をしゃべるんですって！」

頭に布を巻いた商人の腕に、大きな鳥がのっていた。体は白く、頭の上から後ろに黄色の羽根が伸びている。くちばしは黒い。

「……不気味だ」

思わず飛龍が零した言葉を、鳥は掠れたような高い声で繰り返す。

『ブキミダ、ブキミダ』

「本当にしゃべった！　殿下、もっといい言葉を教えてあげてくださいな」

「この子、頭いいヨ。オウムっていう。本当は何度も繰り返し教えないとしゃべらないけど、この子は一度で覚えるヨ」

異国人らしい、肌の色と顔立ちが濃い男がにこにこと笑う。

「いい言葉だな。よし……」

はしゃぐ鳴鈴にねだられ、飛龍はこほんと咳払いをして、真面目な顔で言い放つ。

「鳴鈴、愛している」

鳴鈴はごくりと唾を飲み込んだ。彼の戯《たわむ》れだとわかっていても、胸が大げさに飛び跳ねる。

（愛している……ですって！　ああ、オウムさん、忘れないうちに繰り返してちょうだい）

じっとオウムを見つめる鳴鈴。その期待を裏切るように、オウムは首を小刻みに動かすだけで何も言わなかった。

「お前、俺を謀ったな！」

どうやら恥ずかしかったらしく、飛龍は怒って商人に詰め寄った。

「あらら、おかしいネー。お客さんの声が小さかったからかな。もう一度大きな声で言ってみヨー」

「殿下、もう一度大きな声で。そして、はっきりと。私の目を見て……」

「二度と言うかっ！」

飛龍は怒鳴ると、ひとりで歩き出してしまう。

「あっ、待ってヨ、お客さん。奥さんにぴったりの子、いるヨ。奥さんみたいに小さくて可愛い子」

ぴたりと足を止めた飛龍が、ゆっくりと振り返る。鳴鈴は鳥かごの中にいる二羽の黄色い鳥のところに案内されていた。

「わあ、可愛い」

全体が黄色の鳥は手のひらくらいの大きさで、人間で言う頬の部分だけが淡い朱色に染まっている。まるで赤面しているように。頭の上の毛が一部だけぴょこんと立っていて、それもまた愛嬌《あいきょう》がある。

「この子たちも言葉覚えるヨ。個体差あるけどネ」

「へえ～」

目を輝かせて小鳥を見る鳴鈴。この子たちが自室にいたらいいのになと思っていたら、飛龍が近づいてきた。

「欲しいのか」

「え？　う、えと……」

「奥さん欲しいネ。でも旦那さんに遠慮してるネ」

ぐいぐい割り込んでくる商人を無視し、飛龍が言う。

「本当にこれでいいのか。別の色のやつもいるぞ」

あちこちに置かれた鳥かごを、鳴鈴はくるりと見回す。だけど、目の前にいる、頬紅を塗りすぎたようなマヌケな小鳥がどうも気に入ってしまった。

「この子がいいです」

「そうか。小鳥ならいいだろう」

貴族が鳥を飼うことは珍しくない。飛龍はその鳥かごごと、つがいで小鳥を買った。

重い鳥かごは飛龍が持つ。そのあとも、日持ちしそうな干菓子を侍女たちのお土産《みやげ》にと買い込み、いつの間にかふたりとも両手いっぱいに荷物を持っていた。

「ありがとうございます、殿下。こんなにたくさん」

「お前にまで持たせて悪いな」

「平気です。あ、馬車が見えてきました……」

星稜王府の列が見えてほっとした瞬間、馬車の影からヒュッと何かが飛び出した。

鳴鈴が持っていた布袋が破れ、ぽろぽろと菓子が零れ落ちる。

「敵襲だ！」

飛龍が叫ぶなり、護衛の兵士たちが剣を抜く。緑礼が鳴鈴に駆け寄る。飛龍は緑礼に鳥かごを渡し、他の荷物を地面に放った。

（何？　なんなの？）

鳴鈴と緑礼の前に立ち、剣を抜く飛龍。その体の脇を数本の矢が通り過ぎていく。

何本かは飛龍の剣がなぎはらった。鳴鈴は恐怖でその場に立ちすくむしかできない。

矢は飛龍や鳴鈴の体にこそ当たらなかったものの、衣の袂《たもと》や裾を切り裂いた。そのたびに鳴鈴の寿命は縮まりそうになる。

「殿下をお守りしろ！」

護衛たちが声を張り上げた。武器を持って一斉に、矢が飛んできた竹林の方へ踏み込んでいくとすぐ、複数の足音が遠ざかっていくのが聞こえた。

「諦めたようだな」

飛龍が鳴鈴を抱き寄せる。その広い胸に頬を預け、鳴鈴は震えていた。

池に落とされたと思ったら、今度は弓矢で襲撃された。敵はどこからか、自分たちを見張っているのだろうか。

「早く王府へ戻ろう。行くぞ！」

戻ってきた兵士たちで荷物を積み、鳴鈴たちを乗せた馬車は、一気に星稜王府を目指す。

「悪かった。寄り道などするのではなかった」

飛龍は馬車の中で鳴鈴に謝った。鳴鈴の膝には、小鳥たちが入った鳥かごが抱かれていた。

「いいえ。悪いのは殿下に弓を引いた者たちです」

誰かが自分を狙っている。いや、もしかしたら妃の自分ではなく、飛龍自身に恨みがある者の仕業かもしれない。

敵は帝都に住んでいるのか。ここを抜けて星稜へ帰れば、平穏な日々が戻るのか。

「怖かったけど……でも、殿下と城下街を歩くことができて、とても楽しかったです」

ぎゅっと鳥かごを抱きしめると、緊迫した面持ちだった飛龍が息をついた。

「そうか……。すべて解決したら、また外を歩こう」

「はい」

そして騒がしい城下街を抜け、帝都の門を出ると、辺りは途端に静かになった。がらがらと車輪が回る音ばかりが聞こえる。

ふたりきりの馬車の中で、飛龍がぼそりと零す。

「嫌なものだ。皇族になど生まれたくなかった」

「えっ？」

「しきたりにがんじがらめにされ、策略や争いが絶えない。異民族を戦で殺し、嫉妬や恨みで襲われたりもする。庶民だったら、もっと楽しい人生だったかもしれないな」

珍しく後ろ向きなことを言い出した飛龍を、鳴鈴はじっと見つめた。すると、彼はふっと苦笑して鳴鈴を見つめ返す。

「けど、俺が皇族ではなく屋台のオヤジだったら、お前は嫁いできてくれなかっただろうな」

鳴鈴は想像してみた。飛龍が皇子でも武将でもなく、屋台で餅を焼いていたら――。

「ぷっ」

こんなときだというのに、鳴鈴は吹き出してしまった。

「いいえ、殿下だけでは屋台は繁盛しません。大変そうですから、私が手伝ってあげます」

「ほう？」

「殿下は黙々と餅を焼くのです。私は呼び込みや接客をします。『美男が焼いた〝美男餅〟はいかが？　美容と健康によく、出世運もつきますよ！』と」

それはそれで楽しそうだ。

庶民は働いて税を納めねばならないので、衣食住は今の暮らしより、ずっと貧しくなるだろう。けれど、飛龍がそばにいてくれたら。自分をそばに置きたいと言ってくれるなら、それ以上に幸せなことはない。

「位を返上するときは教えてくださいね。ついていきますから」

飛龍は星稜王の位を、無責任に放り出すことはしないだろう。

でもいつか疲れ果てて、別の道を歩むと言うのなら、自分もついていくまで。支え合うのが夫婦のはずだから。

鳴鈴はにっこりと飛龍に笑顔を見せた。

「はは……変わった娘だ」

とうとう飛龍も笑い出す。彼も、ふたりで貧しく楽しく餅を売り歩く夫婦の姿を想像したのかもしれない。

（笑ってくださった）

笑うと、ぐっと幼く見える飛龍の顔を、鳴鈴は微笑んで見つめた。嬉しくて、それだけで胸がいっぱいになる。

「ありがとう、鳴鈴。何も心配するな。お前は俺が守る」

飛龍は長い手を伸ばし、鳴鈴の頭を撫でた。

ふたりの間で、何も知らない小鳥たちが、ちょこちょこと鳥かごの中を動き回っていた。

陸《ろく》　雨の中で

無事に王府に帰り着いた鳴鈴は、連続して危ない目に遭ったことを忘れたかのように、明るく振る舞っていた。

「これ、おいしいの。みんなで食べて」

いつも鳴鈴の世話をしている侍女たちに、帝都で買った干菓子や色とりどりの香袋を配る。

「まあ、私たちなんかに……ありがとうございます」

侍女たちは口々に礼を言い、頭を下げた。

「こちらこそ、いつもありがとう」

鳴鈴は笑顔で返し、侍女たちが集まる厨房《ちゅうぼう》から出ていった。

(ここは安全だもの、大丈夫よ)

そう自分に言い聞かせていた。ふと不安になることもあるが、侍女たちの前ではそれを顔に出さないように気をつけている。

「鳴鈴」

部屋に帰る途中で、回廊の先から飛龍が現れた。その手には木箱がのっている。

「俺の執政室にあったんだが、誰が置いていったか知っているか」

「はい？」

鳴鈴が覗き込むと、かぱっと飛龍が箱の蓋を開けた。中には小麦粉を練って揚げた菓子がぎっしり詰まっていた。

「麻花《マーホア》だわ」

練った生地をひも状に伸ばし、ひねって輪状にした麻花には、胡麻や砂糖がまぶしてある。

「おいしそう」

「お前が置いたんじゃないのか」

飛龍は箱を片手で持ち、もう片手で懐からぺらりと紙を取り出した。

【星稜王殿下へ】

紙にはそれだけが書かれている。

「送り主がわからなくてな。少し不気味だ」

眉をひそめる飛龍。鳴鈴は首を傾げた。誰かが好意で置いていってくれたものだろう。どうして不気味だなどと言うのか。

「俺が菓子を食べないことは、王府の人間はみんな知っている。ということは、これは王府で働く者から贈られたのではないということだ」

確かに飛龍は、みんなが餅を食べているときもひとりだけ食べていなかった。食事の席でも、あとから出される菓子に手をつけているのを見たことがない。

「では、王府を訪ねた商人などでは？」

珍しい商品を持って、帝都から星稜まで商売に来る異国人や異民族がたまにいる。飛龍が留守をしている間に誰かが訪ねてきて、王府の誰かに託していったのかもしれない。不在の間に溜まった仕事を片づけている飛龍は、来客記録まではまだ手が回っていなかった。

「そうかもしれないな。念のため、お前は食べるなよ」

「ええ～、どうして」

「……池に落とされたのを忘れたか」

鳴鈴を睨む飛龍の目が光る。彼は一連の事件で、すっかり神経質に、そして疑心暗鬼になっていた。

鳴鈴としては、そこまで心配することでもないと思うのだが、口にすれば『お前は警戒心が薄すぎる』と叱られることはわかっていたので、しぶしぶうなずいた。

「わかりました。でも、目の毒だわ」

視界に入る場所に置いてあったら、食べたくなってしまう。鳴鈴は甘いものが何より好きなのである。

「侍女たちに託すか。ついでに、誰かこれを置いていった人物に心当たりがあるか聞いてこよう」

「あ、じゃあ私が行きます。殿下は執務中でしょう?」

両手を出した鳴鈴に、飛龍はちょっと迷ってから箱を渡した。

「絶対、俺がいいと言うまで食べるんじゃないぞ」

「……は〜い」

どうやら、甘いものに関しては全く信用がないらしい。

飛龍が執政室に戻っていくのを見届け、鳴鈴は踵を返した。ついさっきまでいた侍女たちのいる厨房へ戻る。

厨房の戸を開けようとして、躊躇った。自分の名前が、中から聞こえてきたような気がしたから。そっと戸に耳をつけてみた。

「こうまでして私たちのご機嫌取りをしたいのかしら、あの小娘」

「あら。でもこの干菓子、おいしいわよ」

きゅっと心臓が縮むような思いがした。自分のことを言われているのは、鈍感な鳴鈴でもすぐにわかった。

「殿下に全然相手にされないものだから、必死なのよ。他ではご主人のお渡りがない妃の扱いはひどいらしいから」

意地悪い声が響く。やっぱり侍女たちは心の奥で、鳴鈴のことを『愛されていない妃』と思っているらしい。

嫁いでから今まで、侍女たちは心から親切にしてくれていると思っていた鳴鈴は、衝撃で頭がくらくらした。

「でも私は徐妃様が好きよ。明るくて素直で、いいじゃない」

「そうそう。色気は足りないけど、可愛らしい顔をしているわ。同衾《どうきん》しないのは、徐妃様だけに問題があるのではない気がするけど？」

どうやら、鳴鈴を好意的に思ってくれている人もいるらしい。少しだけほっとする。

しかし次のセリフに、鳴鈴の背筋は凍りついた。

「殿下はまだ、雪花《せっか》様が忘れられないのかしらね」

重く響いた言葉は、厨房の中にも沈黙を落とす。

（雪花……って、誰？）

「あんなに愛していらした雪花様と一緒になれなかったんだもの。翠蝶徳妃様の推薦だかなんだか知らないけど、別の妃を無理に娶らされて、殿下がかわいそうよ」

「それこそ徐妃様は何も知らないいんじゃない。だとしたら、やっぱり徐妃様は悪くないわ。徳妃様が強引に話を進めるからいけないのよ」

それ以降も侍女同士の議論は続いていたが、鳴鈴にはもう聞こえていなかった。ただ目の前が暗くなるような感覚が、彼女の動きを妨げていた。

(殿下が愛していた人……)

幾度となく考えたことだった。飛龍には、他に好きな女性がいるのではないかと。

だから自分とは本当の夫婦になってくれないのだと。

でも心の奥では、そうでなければいいと思っていた。お互いをもっと知り合っていけば、そのうち本当の夫婦になれると希望を持っていた。

足首を引っ張られたように、鳴鈴はその場にしゃがみ込む。

(もう嫌。いつまで待てばいいの。ううん、いつまで待っても、殿下が私を愛してくれる保証はないいんだわ)

飛龍が愛した人の存在が、鳴鈴がぎりぎりで保ってきた希望と自尊心を打ち砕く。

「お妃様？」

緑礼の声がした。顔を上げた鳴鈴の目には、涙が光っていた。厨房の話し声がぴたりとやむ。

「どうしたのですか。ご気分でも悪いのですか？」

手を差し出す緑礼だったが、箱を持っている鳴鈴はそれを取ることができなかった。

仕方なく、のろのろと自分で立ち上がる。

「なんでもない。これ、厨房の中に置いておいて。誰も食べないように言っておいてちょうだい。お願いね」

緑礼に麻花の箱を押しつけ、逃げるように走り去った。


星稜王府に無事に帰り着いてからずっと、飛龍は考え込んでいた。無論、鳴鈴を池に落とし、城下街で矢を放ってきた下手人についてである。

城内での事件と城下街での事件の犯人が一緒とは限らない。前者はひとり、後者は複数で襲ってきた。

しかし飛龍の胸は騒いでいた。ふたつの事件に関連があるのではないかと、漠然と感じていた。

（何が目的だ？）

鳴鈴が襲われる理由が、飛龍には思い当たらない。お人よしで人を疑うことを知らない鳴鈴のことだ。他人に恨まれることはないだろう。

純粋すぎて少し空気が読めず、他人を苛立たせることくらいはあるだろうが、殺されるほど恨まれるとは考えにくい。

（とすると、やはり俺が原因か）

下手人は飛龍に何かしらの恨みを持っていて、妃である鳴鈴を襲った。そうすることで飛龍に痛手を負わせようとしたのか。

自分が恨まれる……というか、逆恨みされる理由には少々思い当たる節がある。

八人いる兄弟のうち仲がいいのは長兄の浩然、三弟の李翔、五弟、六弟だ。それ以外の兄弟とは宴で顔を合わせれば挨拶くらいはするが、わかりやすく敵意剥き出しの者もいる。いまだに皇太子の座を諦めていない者もいるとかいないとか。

自分が玉座に近づくため、邪魔な兄弟を順番に陥れようとすることは容易に想像できる。しかし、それなら飛龍自身を襲えばいい。なぜ罪なき妃を襲ったのか。王府に帰って三日経つが、いまだに帝城から下手人捕縛の報はない。

（これ以上、何もなければいいが……）

考え込んでいても下手人は捕まらないし、謎は解けない。わかっていても、考えずにはいられない飛龍だった。

　また腹が立つことに、鳴鈴自身は殺されかけたことを忘れたかのように、相変わらずのんびりと暮らしている。先ほどは、誰に贈られたかもわからない菓子を見て目を輝かせていた。きつく言ったから食べてはいないだろうけれど、とにかく警戒心が薄すぎるのが彼女の欠点だ。

（もう少し危機感を持ってもらえないものだろうか）

　気分を変えようと、執政室の外に出て歩く。もう日が暮れかけていた。北にある星稜の王府は、今頃遅れて桃の花が咲いている。

　園林を歩いていると、女性が背伸びをしているのが見えた。桃の花と同じ色の裙を着ている鳴鈴だ。緑礼は一緒ではないらしい。

「鳴鈴？」

　後ろから声をかけると、彼女は驚いたようで、大げさに体を震わせた。

「殿下。びっくりさせないでください」

「別に驚かせるつもりはなかったんだが……何をしていた？」

　披帛が風で飛ばされて、枝に引っかかりでもしたのかと飛龍は思ったが、見上げてもそれらしきものはどこにもない。ただ丸っこい花をつけた桃の木が見えるだけ。

「桃の花を少しだけ拝借しようと思ったのですけど、届かなくて」

そう言ったあと、鳴鈴は『しまった』と言わんばかりに慌てて口を押さえた。園林の木を傷つけたら、主人である飛龍に怒られると思ったのだろう。

飛龍は、すっと枝に手を伸ばした。長身の彼は難なく一番下の枝に手が届く。細い枝の先をぽきりと折ると、鳴鈴に差し出した。

「ほら。室内に飾るのか。もう少しいるか」

聞くと、鳴鈴は差し出された枝を嬉しそうに受け取り、ふるふると首を横に振った。

「いいえ。あの子たちに花びらを食べさせてやろうと思って。この前ここで、野鳥が桃の花をつまんでいたのを見たものですから」

鳴鈴が『あの子たち』と呼ぶのは、先日買ってやった小鳥たちのことだ。

「ふうん。中毒を起こさなければいいがな」

「なっ、怖いことを言わないでください！」

反論したあとで鳴鈴は「桃の花に毒が……？　ううん。聞いたことないもの、大丈夫よ」と自信なさげにぶつぶつ言っている。結局、枝は鑑賞用になりそうだ。

くるくると表情を変える鳴鈴を見ていると、いつしか頬が緩む自分に、飛龍は気づいていた。

最初は迷惑な、形だけの妃だった。けれど最近はそうではなくなっている。彼女の無邪気な顔を見ていると、心が安らぐのを感じる。

戦の間も、何度も風の音が鳴鈴の笛の音に聞こえた。鳴鈴が王府で待っていると思うと、絶対に帰らなければと強く感じた。

鳴鈴が悲しそうな顔をしていれば、自分の胸まできりきりと痛む。なんとかしてやりたいと思っていると、彼女はいつの間にか勝手に浮上して、先に笑顔を見せてくる。

「冗談だ」

桃を小鳥に与えていいか真剣に悩んでいる鳴鈴がおかしくて、笑えてきた。くすくすと笑うと、彼女はぷーっと頬を膨らませた。

「もう」

それだけ言って飛龍の肩を叩くと、鳴鈴も笑い出した。笑いは伝染する。鳴鈴が嫁いできてから、飛龍が笑う回数は格段に増えている。

（可愛いやつ）

頭の後ろから二本のウサギの耳のようなものがついた朝天髻《ちょうてんけい》に結っている、黒く艶やかな髪の毛に、桃の花びらがついている。取ってやろうと手を伸ばすと、鳴鈴がぴくりと揺れた。

「何かついています？」

眉をひそめて飛龍を見上げる顔は、珍しく何かを警戒しているように見えた。警戒というより、怯《おび》えと言った方が正しいのか。

「花が髪に」

言い終わらないうちに、鳴鈴は触れられるのを拒否するように後ろに下がった。そんなことは初めてだったので、飛龍としては違和感を覚えずにはいられない。

「どうした」

いつも少し触れるだけで頬を染めて嬉しそうにしていた彼女が、飛龍を拒否するように遠ざかっていく。

「別に……」

鳴鈴の顔がみるみるうちに曇っていく。大きな目に涙が溜まっていくのを見つけ、飛龍はハッとした。

小鳥の話をしていた鳴鈴はどこに行ってしまったのか。笑っていた彼女は、無理をしていたのか。

微妙な距離を保ったまま見つめると、鳴鈴の目から、ぽろりと雫《しずく》が零れ落ちた。

「どうして泣く？」

飛龍は単刀直入に聞いた。少し考えても、彼女が泣く理由が思い浮かばなかったからだ。

袖で涙を拭き、鳴鈴は肩を震わせた。

「だっていつまでも……殿下が、私を女として見てくださらないから」

そう絞り出すと、鳴鈴の目からぽたぽたと涙が地面に落ちて染みを作った。それを見ているだけで、飛龍まで喉がつかえるような苦しさを覚える。

今まで本人も気づかないうちに我慢し、押し込めていた気持ちが、何かの原因で決壊して溢れ出したのだろう。

「私は初めてお会いしたときから、殿下をお慕いしておりました。あなたに嫁ぐことができるなんて夢のようで、とても嬉しかった」

ぽた、と飛龍の足元に新たな丸い染みができた。

鳴鈴の涙に誘発されたように、さっきまで晴れていた空が曇り、急な雨粒が落ちてくる。

「でも、殿下はそうではなかった。私は迷惑なだけの妃で、最初から今までずっとそうで……なのに優しくしてくださるから、いつかは心から通じ合えると……本当の夫婦になれる日が来ると……勘違い、して、しまって……」

　切れ切れになる鳴鈴の言葉に、胸が締めつけられる。

　帝城での事件から、自分が鳴鈴を傷つけてしまっていることは承知していたつもりだった。

　しかしその悲しみを面と向かってぶつけられ、自分が思っていたよりずっと鳴鈴は傷ついているのだと、飛龍は改めて感じた。

　どうすればいいか考えているうちに、鳴鈴が顔を上げた。濡《ぬ》れた目が悲しげに飛龍を見つめている。

「好きな人が……いらっしゃるのですね……」

「ん？」

　鳴鈴の言葉に、飛龍は耳を疑った。

「でしたら、その方を王府にお迎えください。私は、私は……」

「ちょっと待て。なんの話だ」

「自分が愛されないのも悲しくてつらいけど、殿下がずっと寂しい思いをしているのも嫌だから」

　彼女が何を言っているか、飛龍はてんでわからなくなってきた。他の女の話など、いったいどこから出てきたのか。

「落ち着け、な」

とうとう飛龍が一歩踏み出し、鳴鈴の肩を掴んだ。しかし完全に暴走状態の鳴鈴には飛龍の声が届かない。

「ですから、雪花という方を王府に招いて、お妃にしたらよろしいと言っているのです！」

鳴鈴の高い声が、飛龍の胸板にぶつかって、落ちた。

目を見開いた飛龍と、嗚咽を零す鳴鈴との間に、冷たい雨が降る。雫はいつの間にか勢いを増し、ふたりをびっしょりと濡らしていく。

「……どうしてお前がその名を知ったのかは聞かないが、俺は雪花を妃にすることはできない」

やっとの思いで絞り出した飛龍の声は、いつもより低かった。

「どうしてですか？」

その質問に、飛龍は切なげに目を伏せる。やがて鳴鈴から手を放し、静かに答える。何かを覚悟したように。

「彼女は、既に鬼籍の人だから」

鳴鈴が息を呑む声が飛龍の耳に聞こえた。ゆっくりとまぶたを開けて、彼女を見つめる。

「そして、お前を抱けなかったのは……それは、お前が可愛すぎるからだ」

「え……っ？」

鳴鈴が目を見開いた。

（もうごまかせない。本当のことを話すときが来てしまった）

できれば話したくなかった。雪花のことを知れば、鳴鈴が怖がるだけだと思っていたから。

だが、こんな生活がずっと続くわけはなかったのだ。鳴鈴の優しさに甘えていた。一般的に、愛されない妃は他に恋人を作って寂しさを紛らわせるという。鳴鈴もそうすればいいと飛龍も初めは思っていた。

けれど、鳴鈴が器用に不倫を楽しめる娘ではないことはすぐにわかった。では、子供がいなくてもふたりで穏やかに暮らしていこう。戦に出た頃からそう思っていた。

「それは、どういう……」

鳴鈴が言いかけたときだった。王宮の中から、悲鳴が聞こえた。

ふたりは同時に振り向く。園林の端に見える回廊に誰かがいた。

飛龍たちは一緒に回廊の方に駆けていく。すると、そこでひとりの侍女が刃物を持って暴れていた。

「なんだ、あれは」

侍女は髪を振り乱して笑い、踊るように刃物を振り回す。その動きは不規則で、周りの者たちはなんとかしなければと思いながらも、手を出せないでいた。

「乱心している?」

侍女の掠れた笑い声が、かろうじて聞こえるくらいの距離まで来て、鳴鈴はぞくりと背中を震わせた。こんなに異常な風景を彼女は見たことがなかった。

「お妃様! 近づいてはいけません!」

緑礼が回廊から侍女を避けて駆けてくる。ばしゃばしゃと、彼女の足元で雨水が跳ねた。

「いったい何があった」

飛龍が尋ねると、緑礼は首を横に振る。

「よくはわかりません。侍女たちの話によると、彼女は殿下宛ての麻花をこっそり食べ、その直後から様子がおかしくなったとか」

「あの麻花を?」

鳴鈴が青ざめる。飛龍は、ちっと舌打ちをした。

「だから食べるなと言ったんだ」

「私のせいだわ。自分の部屋に置いておけばよかった」

雨の中、少しずつ侍女に近づく鳴鈴。飛龍と緑礼がその行く手を止めた。

「どこに置いておいたって、食べるやつは食べます。お妃様のせいではありません」

緑礼の言葉に、飛龍が同意するようにうなずく。

「でも」と鳴鈴がふたりを見上げたときだった。ひと際大きな悲鳴が上がる。

三人でそちらを振り向くと、刃物を持った侍女が意味不明な言葉を叫んで、自分の喉に切っ先を向けている光景が目に入った。

「ダメっ！」

鳴鈴は思わず駆け出す。予想外の速さに、飛龍と緑礼は不覚にも彼女を逃がしてしまった。

庭から回廊への階段を駆け上がった鳴鈴は、侍女に飛びかかった。喉を貫かせないよう、両手で侍女の手を掴む。

「目を覚まして……っ！」

訴えかける声が聞こえたのか、侍女が恐ろしい怪物のごとき顔で鳴鈴を睨んだ。次の瞬間、すさまじい力で腕をなぎはらわれ、鳴鈴は脇から回廊に倒れ込む。

見上げた鳴鈴の目に映ったのは、口の端から泡を零している侍女の顔と、振り上げられた切っ先だった。

銀色の光が、鳴鈴に向かって一直線に振り下ろされる。

「お妃様！」

硬直する鳴鈴の前に、大きな影が躍り出た。刃は鳴鈴を覆うように抱いた影を切り裂く。紅の血が飛び散った。

「……ああっ！」

事態に気づいた鳴鈴の悲鳴が響く。彼女を守った影は、黒い胡服を着ていた飛龍だった。

左腕を傷つけられた飛龍が苦痛に顔を歪める。侍女はまだ刃物を持っていた。飛龍の血が回廊に滴り落ち、不吉な紋様を描く。

「どけどけっ！」

回廊の先から、どたどたと大きな足音が聞こえてきた。遅れてやってきた飛龍の側近や兵士たちだ。

彼らは縄を持ってきていて、動きを止めていた侍女の手を打って刃物を落とし、縄で腕と体をひとまとめにして縛った。

「すぐ医師と薬師を呼べ。殺してはならん」

「御意」

飛龍の命令を受け、兵士たちは侍女を運んでいった。

「殿下、遅れて申し訳ありません。侍女より殿下のお怪我を……」

髭《ひげ》を生やした側近が飛龍の前に跪《ひざまず》く。

「大事ない」

飛龍は自らの袖を破き、布きれとなった袖の端を咥《くわ》え、右手を使って器用に左腕の傷を縛り上げる。

「殿下……殿下、ごめんなさい。私のせいで」

涙を溜めて見上げる鳴鈴を、飛龍はそっと抱きしめた。もう彼女の泣き顔は見たくなかった。

「大した傷じゃない。それより、お前が無事でよかった」

鳴鈴のぬくもりを感じる。それだけで、傷の痛みが癒されるような気がした。

ぎゅっと抱きついてくる鳴鈴を愛おしく感じる。自由な右腕で、彼女の震える背中を優しく撫でた。

（呆れたやつだ……）

非力なくせに、侍女の命を救おうとして自分の身を投げ出すとは。

そう思う飛龍も、気づけば体が動いていた。鳴鈴がいなければもう少しうまく立ち回れただろうが、無様なことになってしまった。

だが、鳴鈴を責める気持ちは全く浮かんでこない。それより、彼女が無事だったことに心底ほっとしていた。

「殿下、麻花の箱の中にこんなものが」

ひとりの侍女が青い顔で近づいてきて、震える手で一枚の紙を差し出す。鳴鈴が顔を上げた。

「麻花の油を吸う紙の下に入っていたのです」

それを受け取った飛龍の眉間に、深い皺が刻まれた。

【雪呪】と不気味な二文字だけが、そこに書かれていた。

飛龍の怪我の手当ての間、鳴鈴は彼の部屋に入れてもらえず、自室に閉じこもっていた。

傷口を縫うところを見たら、鳴鈴が倒れてしまうかもしれないという飛龍の心遣いだったが、彼女にはそれが不満だった。

「殿下は大丈夫かしら。怪我をした腕が動かなくなってしまったらどうしよう」

もう何度目になるかわからないひとりごとを繰り返し、部屋の中をぐるぐると歩き回る鳴鈴を、そばに控える緑礼がため息をついて見つめた。

鳴鈴は雨に濡れたので湯浴みをし、薄物一枚でうろうろしている。外はもう暗い。雨が降っているからわかりにくいが、すっかり夕方になっている。

「そろそろ目を覚ましてください、お妃様。もう星稜王殿下に仕えるのはやめにしましょう」

緑礼の言葉に、ぴたりと動きを止める鳴鈴。

「何を言っているの?」

零れ落ちそうな目で彼女は緑礼を見つめた。飛龍に仕えるのをやめるとは、どういうことなのか。

「そのままの意味です。殿下にきっぱりと離縁してもらいましょう。そうしたら一度、出家するのです。女道士として一度俗世から離れれば、向家との縁はなかったことになります。そこから別の方に嫁ぐという道も……」

「ちょ、ちょっと待って。どうして殿下と離縁しなきゃいけないの」

緑礼の言葉に驚き、彼女の前にすとんと座る。

覗き込んだ緑礼の顔は、いつも通り涼しげな美人だ。そして、冗談を言っているようには見えなかった。

「どうして、ですって？　決まっているじゃないですか。結婚してからちっとも、あなたが幸せそうじゃないからです」

決然と言い放たれた言葉に、しばし反論を忘れる鳴鈴。それをいいことに、緑礼は自分の思いを遠慮なく吐き出す。

「ここにいたら刺客に狙われ続け、いつまでも処女妻で、侍女にまで蔑まれ続けるんですよ。それでいいんですか？　私にはそうは思えません」

どうやら緑礼は、鳴鈴が泣いていた件で侍女たちを問いただしたらしい。

ちなみに、乱心した侍女は鳴鈴の悪口を言っていた侍女だったとか。彼女は薬師の対応が早かったおかげで一命を取りとめた。

しかしまだ油断のならない状況だという。もう少し解毒が遅れていたら、心臓が止まって死に至っていたかもしれないと薬師は言った。

「お妃様、いえ、姫様はまだお若いし、可愛らしい。早くこんな家とはおさらばして、もっと姫様を大事にしてくれる家に嫁ぐべきです。それがダメなら、お婿さんをもらえばいい」

緑礼はそこまで一気に言うと、深く息を吸って吐いた。

徐家は皇室ほど強大でなくとも、翠蝶徳妃の遠い親戚ということで、それなりの地位がある。貴族の末弟などの、いわゆるごくつぶしを婿に迎える家も、女児にしか恵まれなかった家庭には少なくない。だから次の結婚もしようと思えばできるだろう。

しかし鳴鈴は勢いよく首を横に振る。

「嫌よ」

抱かれなくたって、受け入れてもらえなくたって、やっぱり飛龍が好きすぎる。いくら大事にしてもらえるとしても、他の男じゃ意味がない。

「意地を張るのはやめましょう」

「意地なんて張っていないわ」

「じゃあ、どういうことなんですか。そんなに星稜王殿下が好きなら、余計に悔しくないんですか。悲しくないんですか。つらい恋を捨てて幸せになりましょう。花の命は短いんですよ」

他人の目には、鳴鈴は哀れで、かわいそうで、つらいだけの恋をしているように見えるだろう。しかし彼女自身はそうは思っていなかった。

「確かにつらいこともある。でもね、私は殿下をこんなに好きになれてよかったわ。

あのお方と一緒にいるだけで幸せなの」

「殿下のせいで泣いてばかりいるくせに？」

　緑礼が目を細めて鳴鈴を睨む。

「うん……そうね。私、泣いてばかりいる。でも、殿下を恨んで泣いたことはないの。殿下が好きだから泣くのよ」

「はあ？」

　全く意味がわからないといった顔で、口をぽかんと開ける緑礼。彼女には、鳴鈴が飛龍を想うだけで幸せという気持ちが理解できない。

　逆に鳴鈴には、緑礼が『愛されないなら他に行ってしまえ』と言う気持ちがわかる。自分だって、大切な人が同じようにもがいていたら、そう助言するだろう。

（でも、私は離れられない）

　報われなくても、結ばれなくても、飛龍と一緒にいたい。鳴鈴は強く念じるように想っていた。

「どうしても別れられないなら、夜這《よば》いでもしてみたらどうですか。ひたすら待ってばかりいないで」

「えっ」

いきなり別の切り口から攻撃してきた緑礼に、今度は鳴鈴が言葉を失う。

「できないでしょう。姫様には、自分から優しく導いてくれる男の人がお似合い――」

「それよ、緑礼！　どうして今まで思いつかなかったのかしら！」

すっくと鳴鈴は立ち上がった。いそいそと自分で寝化粧を整え始める鳴鈴を、緑礼は呆気に取られて見つめた。

「あ、あのう、姫様？」

「お妃様と呼んで」

「お妃様、何をしているので？」

後ろから呼ぶ緑礼。くるりと振り向いた鳴鈴はニッと笑った。

「夜這いするの」

飛龍の心の中に別の誰かが住んでいようと、関係ない。今の妃は自分なのだ。彼が自分を愛せなくても、情が移るということはあるだろう。それでもいい。

（私は殿下をひとりにしておきたくない。彼の孤独が癒せるなら、なんだってするわ）

鳴鈴の心の中には、思わず雪花の名前を出してしまったときのことがよみがえっていた。

雪花が鬼籍の人だと語った飛龍の目は、深い悲しみと孤独に満ちていた。そのとき、鳴鈴は悟ったのだ。飛龍は雪花を失って以来、ずっと孤独でいたのだと。

「ま……あ、あの！　せめて上衣を！」

予想外の展開になってしまった緑礼は、部屋を出ていく鳴鈴を止められなかった。

部屋の外の護衛に声をかけ、薄物一枚だけで、裸足で廊下をぺたぺたと走っていく鳴鈴を、彼女は上衣を持って追いかけた。

漆《しち》　過去を乗り越えて

「失礼いたします」

いきなり王の臥所を訪ねた妃を、見張りの兵士たちは笑顔で通してしまった。中でひとり牀榻に臥せっていた飛龍は、思わず上体を起こす。

予告もなく現れた妃は、薄物の上に、上衣一枚を羽織っただけの姿をしている。頭には、鬱陶しい横髪を後ろにまとめるための簪一本だけがついていた。

「お前、その姿で廊下を歩いてきたのか？」

思わず飛龍は顔をしかめる。

「はしたない姿でごめんなさい。でも、どうしても殿下にお会いしたくて」

鳴鈴は牀榻の前に跪く。飛龍がその襟から目を逸らした。顔を見つめられ、鳴鈴はにこりと微笑む。

「何をしに来た」

「夜這いです」

「はあ⁉」

小さな唇から零れたとんでもない単語に、思わず飛龍が目を剝くと、鳴鈴がころころと笑った。

「というのは冗談です。だって、殿下はお怪我をなさっているもの」

怪我をしていなければ、夜這いされていたのだろうか……と考えてしまったことを、飛龍は顔にも口にも出さず心の奥底に隠す。

鳴鈴は彼の動揺を知らず、久しぶりに見る寝姿に見とれていた。長い髪をほどき、鳴鈴と同じように薄物だけでいる彼は、妙になまめかしい。

「怪我をしていては、いろいろと不自由かと思いまして。なんでもお手伝いする所存です。なんなりとお申しつけください」

「なんでも……？」

「はい。どんなことでも」

飛龍は少し考える素振りを見せたが、やがて首を横に振った。

「すまん、ほとんどのことは侍女がやってくれた。もう寝るだけだ」

「まあ。そうですか……完全に出遅れたようですね」

鳴鈴は、がっくりと肩を落とした。怪我をしている飛龍のために、粥《かゆ》を匙《さじ》ですくって『あーん』と口を開かせて食べさせたり、体を拭いたりしてあげようと思って、やってきたからだ。

緑礼をからかいたくて『夜這い』などと言ってやったが、実行できるほど、鳴鈴は自分に自信を持っていなかった。ただ、自分から飛龍に近づいていかなければ、これからも何も変わらない。そう思って突撃してきたのに。

「殿下は私をいつも守ってくださるから、私も殿下のお役に立ちたいのに」

治療中は飛龍に近づかないように侍医に言われた。だからといって、素直に待ちぼうけしている場合じゃなかった。

「そんなふうに思う必要はない。夫が妃を守るのは当然のことだ」

しっかりした声で飛龍が言うから、鳴鈴はうなだれていた顔を上げた。

(夫が妃を守るのは、当然……)

飛龍が自分を妃だと認めてくれている。そう思うと、胸が熱くなった。

「では、妃が夫を助けるのも当然ですね。怪我が治るまで、ずっと一緒にいます」

「だから、それは大丈夫……」

「いいえ。嫌だと言われてもここにいます」

正直、貴族の娘として生きてきた鳴鈴には、侍女よりもできることがはるかに少ない。食事も作れないし、男性の着替えの仕方もわからない。

でも、飛龍の左腕の代わりくらいにはなれるはずだ。物を運んだり、墨をすったり、とにかくなんでもいい。やれることをやりたい。

飛龍は鳴鈴の顔をしばらく見つめ、ため息をついた。

「勝手にしろ」

「はい。勝手にします！」

帝城で再会したときのことを思い出す鳴鈴。彼女が飛龍に嫁ぐと宣言したときも、彼はそう言った。

「ゆっくりお休みくださいませ」

近くにあった蝋燭《ろうそく》をふっと吹き消すと、辺りは真っ暗になった。飛龍が諦めたように牀榻に横になると、暗闇の中で奇妙な歌声が聞こえてくる。

「お眠りなさ〜い〜、ゆ〜っくり〜、安ぅぅ〜らぁ〜かにぃぃ〜」

途中で何度も裏返り、掠れる歌声に、飛龍は飛び起きた。

「なんだそれは！　呪いの歌か！」

「まあ嫌だ、殿下ったら。子守歌に決まっているじゃありませんか」

「嘘だろ？　……とにかくやめてくれ。眠れない」

心を込めて歌ったが、飛龍はお気に召さなかったようだ。鳴鈴はしょぼんと肩をすくめた。

「どうしてあんなに笛はうまいのに、歌はダメなんだ」

飛龍にぽんと頭を叩かれ、彼を見上げる。暗闇に慣れてきた目に、飛龍の苦笑したような顔が見えた。

「仕方ない。ここに来い、鳴鈴。お前も寝ろ」

大人四人くらいが寝られそうな広い牀榻の真ん中から少しずれ、自分の隣を右手でぽんぽんと叩く飛龍。その仕草に鳴鈴は飛び跳ねた。

「いいのですかっ？」

「その代わり、静かにしていろよ」

「はい！」

飛龍が空けた場所に座った。するりと上衣を脱ぎ、枕元に置く。簪を取ると、横髪がはらりと肩にかかった。

いそいそと飛龍の隣に横たわり、怪我をしていない右腕にぴたりと寄り添う。初夜のときとは違い、背中を向けられないだけで幸せだった。

しかし、まだ就寝時間には少し早いせいか、隣から寝息が聞こえてこない。鳴鈴にもなかなか眠りが訪れなかった。

先ほどの光景がまぶたの裏によみがえる。狂乱した侍女の死の舞踏。一歩間違えたら、ああなっていたのは飛龍や自分だったかもしれない。そう思うと余計に眠れなくなる。

（いったい誰が、私や殿下を狙っているの？）

池に落とす。弓で射る。毒を盛る。それぞれ離れた場所で起きたことが、一個人の手によるものとは考えにくい。では、誰かが裏で手を引いているのか。

悶々《もんもん》と考え込みそうになったところに、飛龍のため息が聞こえた。

「眠れないな」

「実は、私も」

飛龍がむくりと起き上がる。鳴鈴もそれに倣った。

「気になっているだろう。あの〝雪呪〟という言葉が」

麻花の箱に忍ばされていたという、あの紙。何かしらの意図を伝えようとしているとしか思えない。

「昔から俺に仕えている人間は、すぐにこう思ったことだろう。最近立て続けに起きる受難は、雪花の呪いだったのか、と」

鳴鈴は思わず飛龍の方を見た。その横顔はじっと暗闇を見つめている。

「長い昔話になるが、聞いてもらえるか」

目を合わせずに呟く飛龍に、鳴鈴は「はい」とひとこと返した。

——十年前。まだ飛龍が星稜王に封じられる前の話。今の皇太子である浩然の上に、飛龍にはもうひとり兄がいたと明かす。

「お前はまだ幼かったから知らないだろうが、そいつが当時、一番有力な皇太子候補だった」

飛龍は当時を思い出すように、そっと目を閉じた。

＊　＊　＊

十年前。まだすべての皇子たちが帝城で暮らしていた頃のこと。

飛龍は、ひとりの貴族の娘と出会う。当時、飛龍の側近だった兵士の娘で、名前を雪花といった。その名の通り、白く透き通った肌と、花びらのような赤い唇を持った娘だった。しかし彼女はその清廉な容姿からは想像できないくらい活動的で、父親の頭を悩ませていた。

「手合わせ願います、殿下！」

「いいだろう」

雪花はたびたび飛龍に武芸の勝負を挑んでいた。頭がよくて武芸もできる、凛《りん》とした彼女は、皇子たちに人気があった。特に秦《しん》貴妃の息子、長兄・宿鵬《しゅくほう》は雪花を強く欲していた。

「俺が雪花をもらう」

あるとき宣言した宿鵬の前に、飛龍が立ちはだかる。

「俺も雪花を愛している。兄者、ここは正々堂々と勝負してくれ」

他の皇子たちや雪花本人もいる前でそう言われた宿鵬は、申し出を断ることができない。断れば男としての名誉に関わる。

木刀で手合わせした結果、勝利は飛龍の手に落ちた。宿鵬も悪くはない使い手だったが、飛龍の方がほんのわずかに身軽だったのが功を奏した。

「勝ってくださってよかった。私も飛龍殿下をお慕いしておりました」

誰もいなくなった場所で、雪花は頬を染めて微笑む。飛龍は彼女をこれ以上ないほど愛おしく想い、強く抱きしめた。

ふたりはめでたく婚約し、華燭の典を待つだけとなる。婚約の証《あかし》に、飛龍は金と翡翠でできた耳飾りを雪花に贈った。

しかしその頃、崔の西側に接する強国、萩《しゅう》の軍隊が動き出した。

崔の西端にあるふたつの城を守るため、宿鵬と飛龍はそれぞれ軍を率いて帝城を出ていく。

萩との戦は熾烈を極めた。宿鵬は城を敵軍に奪われ、飛龍は城を守る。

「兄者は何をしているんだ」

さっさと帝都に敗走した宿鵬の軍はちりぢりになり、困った兵士たちが飛龍を頼った。彼は宿鵬軍の兵士を迎え、軍隊を再編成し、取られた城を攻撃して奪い返した。

これがふたりの皇子の明暗を分けてしまったのである。

「飛龍には跳び抜けた戦の才がある。飛龍を立太子するぞ」

皇帝は飛龍の働きを大いに褒め、長兄、次兄を差し置いて、第三皇子だった飛龍を皇太子に任命した。

飛龍は自分の能力が評価されたことを素直に嬉しく思い、雪花と一緒に手を取り合って立太子されたことを喜んだ。

しかし、これを宿鵬が諸手を上げて祝福できるわけはなかったのだ。

またある日のこと。

飛龍が暮らしていた東宮へ、悲報が届いた。雪花が何者かに襲われ、大怪我を負ったという。

驚いた飛龍はすぐさま馬を飛ばし、雪花の屋敷へ向かった。案内された部屋で、雪花は横になっていた。

「雪花」

飛龍が呼んでも、雪花は目を閉じたまま動かない。誰かに殴られたのか、美しい顔が原形を想像できないほどに腫れ上がっていた。目の周りには痛々しい青痣《あおあざ》まで。

「ひとりで武芸の稽古をしているときに、賊に襲われたようです」

雪花の父、威海《いかい》が目頭を押さえた。

屋敷の裏の竹藪で、ひとりきりで稽古をしていたところを襲われた雪花。顔に集中した打撲の痕に、すさまじい怨念を感じた。そして決定打になったのは、腹の刺し傷だという。

「服を脱がされかけていましたが、貞操だけは必死に守ったようです。抵抗したから、相手は逆上したのでしょう。だからこれだけの傷が……」

激しい憎悪と悲しみに、飛龍はめまいを覚えた。彼女が自分への操を貫いてくれたとしても、この状態で喜べるわけがない。

「現場にこれが」

差し出されたのは金の指輪だった。やけに豪華なそれに、飛龍は見覚えがあった。

「宿鵬め……！」

派手好きの宿鵬が、戦のときも外さずにつけていた金の指輪だということに思い至るまで、時間はかからなかった。


そのあと、ほどなくして、虫の息だった雪花は亡くなった。

飛龍は彼女の耳についていた、片方だけになった耳飾りを、彼女の形見として譲り受けた。処女のまま亡くなった婚約者のため、飛龍は盛大な葬式を挙げ、立派な廟《びょう》を建てた。

「絶対に、俺が仇《かたき》を討ってやる。お前の怒りは痛いほどわかるが、ここはこらえてくれ」

威海にそう言い聞かせた飛龍は、どうやって宿鵬を追いつめるかを考えていた。

（殺してなどやらない。再起不能にし、死ぬまで苦しませてやる）

皇太子という地位を利用してでも、宿鵬に地獄を見せてやる。しかし相手は皇族だ。皇族殺しには一族殲滅《せんめつ》という重い刑が科せられる。皇太子である飛龍でも、下手をして皇帝にバレたらこの地位がどうなるかわからない。

そうして二の足を踏んでしまった挙句、第二の悲劇が起きてしまった。あろうことか、威海が帝城で宿鵬を斬りつけてしまったのだ。

宿鵬の側近たちに取り押さえられた威海は、ひとまず牢《ろう》に監禁された。

「お前が指図したんだろう」

侍医に手当てされた宿鵬が、横になったまま飛龍を睨みつける。

「俺から愛する女も、皇太子の地位も奪い、命まで取ろうというのか」

「何を言う。兄者が雪花を殺したからではないか！　威海に恨まれるのは当然だろう」

飛龍が金の指輪を布団の上に投げつけると、宿鵬はニッと笑った。

「ははは。そうさ、殺してやったわ。あの女、お前のことで重要な話があると言ったら油断をしてな。隙をついて押さえつけた」

「貴様……っ」

正々堂々と戦えば、雪花に敵わないかもしれないと思ったのだろう。宿鵬は卑怯な手で彼女を油断させたのだ。

「おとなしく従えば可愛がってやったものを。抵抗するから殴ってやった。何度殴っても言うことを聞かないから、死ねばいいと思って刺した」

狂ったように笑い出した宿鵬の声は、掠れていた。

「お前から一番大事なものを奪ってやろうと思ったのさ」

ぎりり、と奥歯を噛みしめる飛龍。

宿鵬は雪花を飛龍から奪おうとした。無理にでも自分の妃にするつもりだったのだろう。いかんせん彼女に強く抵抗されて逆上し、殺してしまった。

何がいけなかった。愛する女性も、皇太子の地位も、自分が実力で手に入れたものだ。それなのに。

飛龍は冠を脱ぎ、床に叩きつけた。

武勲などたてなければ。宿鵬より目立たなければ。立太子などされなければ。ただ辺境領地の王として平凡に、地味に生きていれば、これほどまでの嫉妬はされなかったはず。

雪花も、きらびやかな毎日は送れなかったかもしれないが、一緒に笑って生きていられただろう。

やがて、斬られた傷が元で宿鵬は死んだ。それと同時に、雪花の実家である梁《りょう》一族の殲滅が、皇帝より言い渡される。当然、雪花のために飛龍が建てた梁家の廟も破壊された。

「なぜこんなことをした」

処刑前、こっそり会いに行った飛龍の問いに、威海は掠れた声で答える。

「殿下の手を汚したくはなかったのです。雪花も、それは望んでおりません」

「だが……」

「今までの厚いご温情、ありがとうございました」

威海は深く頭を下げた。それが、今生で彼と会う最後となった。その三日後、下手人の威海は元より、多くの人が無残に公開処刑された。

飛龍はそれを見に行くことはしなかった。それより、ひとりでも多くの梁家の人間を密かに他国へ逃がすことに力を注いだ。

事件が一段落したあと、飛龍は皇太子の地位を返上した。

「どうしてだ、飛龍。今回のことは誠に残念であった。しかし、新たな妃を迎え、子を作り、この王朝をもっと繁栄させてくれ」

悲しむ皇帝に、飛龍は疲れ果てた顔で呟く。

「私には向いておりません」

雪花を亡くしたばかりで、新たな妃など到底考えられなかった。皇太子は次期皇帝となる身。子を多く残さなくては話にならない。

(その妃は、きっとまた誰かに狙われる。それは耐えられない。もう二度と、自分のせいで悲劇を起こしてはならない)

飛龍は何より、権力争いの第一線から一刻も早く逃れたかった。

皇帝は惜しみながらも、仕方なく飛龍を星稜王に封じ、東宮で仕えていた侍女や側近たちと一緒に、誰も行きたがらなかった北の地に赴かせた。

それからも飛龍は何度か、他国との戦や内乱の鎮圧に駆り出された。そのたび、負けはしないけれども、余計なことまではしないように気をつけてきた。

(武勲をたてすぎると、またろくでもないことになる)

それまでの、まるで空を飛翔する龍のようだった彼の活躍は見られなくなった。重い鉄の足かせをつけられてしまったようだと、昔の飛龍を知る人間は、彼に襲いかかった不幸を嘆いた。

＊　＊　＊

黙って話を聞いていた鳴鈴は、いつの間にかぽろぽろと涙を流していた。

「ひどい……」

両手で顔を覆って泣き出す鳴鈴の肩を、飛龍がそっと抱く。

「お前が泣かなくてもいい」

それでも鳴鈴の涙は止まらない。幸せになるはずだった雪花の無念を思うと、胸が茨で締めつけられるようだ。『梁家の粛清』という事件の名は聞いたことがあったが、詳しくは知らなかった。

両親も、聞かせたら鳴鈴が怖がるだろうと思い、聞かせなかったのだろう。何しろ、当時鳴鈴はまだ九歳の子供だったのだから。

「主上がその話題を嫌うから、誰も話したがらない。お前が知らないのも無理はない」

飛龍は穏やかに言って、鳴鈴の髪を撫でた。

「もう過去のことだ。雪花が俺や鳴鈴を呪うなんてことは、ないに決まっている。一連の事件は、ただ俺に嫌がらせをしたいやつの仕業だろう」

死者が大人数になって矢を放ったり、毒入り菓子を届けたりするわけがない。鳴鈴は納得してうなずいた。

「では、梁家の生き残りが、逆恨みで……?」

「その線も考えないではないが、彼らは梁家の人間ということを隠して生きることに必死だろう。復讐《ふくしゅう》する力が残っているとは思えない」

飛龍が逃がしたという梁家の人間の苦労を思うと、鳴鈴はまた苦しくなった。

「権力争いの線が一番強いと、俺は思っている。この前、また武勲をたててしまったから」

古斑との戦いで、飛龍は勝利を収めた。侵攻してこようとした敵軍を追いはらっただけだが、皇帝はご満悦で、美女二十人を飛龍に下賜しようとしたほどだ。

(じゃあ、身内が……?)

日常的に繰り返されてきた身内同士の諍いが、自分の身に降りかかってきたと思うと、鳴鈴の気持ちは重く沈む。

できれば飛龍には兄弟のみんなと仲よくしてほしい。憎み合うのはつらすぎる。

黙っていると、抱かれていた肩をぽんぽんと叩かれた。

「それに、こんなに若くて可愛らしい妃をもらってしまったからな。誰かが俺を羨んで逆恨みしていたとしても不思議はない」

「えっ？」

思わず顔を上げてしまうと、飛龍の微かな笑みと視線がぶつかる。暗闇に慣れた目に、それは眩しすぎた。

「そ、それは私のことですか？」

マヌケな質問に、飛龍は苦笑する。

「お前以外に誰がいる」

破壊力抜群の微笑みに、鳴鈴は胸を撃ち抜かれた。

（可愛らしいなどと、初めて言われた……）

それまでの落ち込み方が嘘のように、ときめきで音まで鳴りそうな胸を、自分でそっと押さえる。

「だから……な。お前を抱かなかったのは、決してお前が嫌いだとか、魅力がないとか、そういう理由じゃない」

落ち着いた低い声が、鳴鈴の鼓膜を揺さぶる。

「怖かったんだよ。俺が妃を寵愛していると知れば、ちょっかいを出してくるやつがいる。子供が増えて、武勲を上げて……となれば、皇太子の座を狙っていると疑われ、俺だけでなく妃や子供が被害に遭う」

「殿下……」

飛龍にとって一番つらいのは、目立つような幸せを人に見せつけ、恨まれることだった。皇帝に可愛がられている反面、仲の悪い兄弟やその妃、母親などは飛龍を煙たがっている。いまだに次期皇帝の座を諦めていない兄弟は、飛龍の結婚すらよく思っていない。

鳴鈴の実家・徐家は貴族で、父親は官吏だ。徐家が力を持つのを妨げたいという思惑を持つ輩《やから》もいるだろう。

「だから俺は子孫を残さず、ただ年老いて死ぬつもりだった。そうすれば、もう大事なものを傷つけることもない。梁家と同じ悲劇はもう起こしてはならない」

低い声が、よりいっそう低くなる。

鳴鈴は猛烈に後悔していた。雨の中、あんなふうに飛龍を責めるのではなかった。彼は自分を守ろうとしてくれていただけなのに。

浮気の証拠では、と疑っていた翡翠の耳飾りは、雪花のものだった。彼がそれを捨てられるわけがなかったのだ。

「ごめんなさい。私、何も知らなくて」

しょんぼりとうなだれると、飛龍は彼女の頬を包み、上を向かせる。

「謝ることはない。つらい思いをさせて、悪かった」

謝る飛龍に、鳴鈴はふるふると首を横に振り、突然抱きついた。

「おい」

驚いた飛龍にすがりつくように、強く抱きつく鳴鈴。今はそうせずにはいられなかった。自分では足りないだろうが、孤独で凍えそうな日々を送ってきた飛龍を少しでも温めたかった。

「殿下、もっと素直になっていいのですよ。雪花さんを思い出して寂しいときや、つらいときは、私に吐き出してください。泣いてもいい。私はどんな殿下でも受け止めます」

しばらく飛龍は黙っていたが、やっと鳴鈴の体を離したときには、うっすらと微笑んでいた。

「ありがとう。お前がそう言ってくれるだけでじゅうぶんだ。しかし……」と言葉を続ける。

「仲が悪くもよくもない夫婦を演じてきたつもりだが、それほど功を奏さなかったな。

結局お前も俺も、こうして命を狙われている」

「怖いことを言わないでください」

「実際そうだろ。だからもう、無駄に気を使うのはやめることにする」

どういうことかと聞こうとした鳴鈴に、ふっと飛龍が顔を寄せる。びっくりした彼女が目を大きく開けた瞬間、ふたりの唇が触れた。

口づけされた、と鳴鈴がやっと理解すると、飛龍は離れていく。彼女は大きな目で、まばたきもせず彼を見つめた。

「仲よくしていても、そうでなくても恨みを買うなら、仲よく暮らした方がいいに決まっているよな」

「は、はあ……」

「とりあえず、今宵は口づけだけにしておこう。怪我が治り次第、夫の務めを果たすことにする」

言い終わると同時に、飛龍は鳴鈴の背中を抱き、逃げられないように後頭部を押さえ、再度鳴鈴の口を自らの唇で塞ぐ。

緊張と驚きで爆発しそうな胸が、飛龍の胸板に押しつけられた。

鳴鈴はどうしていいかわからず、飛龍に身を任せる。何度も啄《ついば》み、押しつけられ、包み込まれる。

深く息を吸いたくなって、口を開けた瞬間、飛龍が忍び込んできた。思いがけず深く重なった唇に翻弄される。

（気持ちいい……）

今までも二度、薬を飲まされたり、溺れたときに息を吹き込まれたりした――しかもそのときは気を失っていた――が、ちゃんとした口づけは初めて。恋焦がれた飛龍の口づけに、身も心もとろけてしまいそうになる。

けれど、胸の中では何かが引っかかっていた。その答えを出したとき、飛龍が鳴鈴の唇を解放した。

「……務めだなんて、おっしゃらないで」

鳴鈴は自然と潤む瞳を飛龍に向けた。口づけもそれ以上も、飛龍が無理に『これは務めだ』と思っていたら悲しい。

「そうか。言い方が悪かった。どうも俺は、こういうことが苦手らしい」

大きな手で鳴鈴の髪を撫で、額をつけて飛龍は言う。

「愛している、鳴鈴。これからは遠慮しない」

至近距離で囁かれた甘い言葉に、鳴鈴の涙腺は破壊された。まさか飛龍が既に自分を想っていたとは思わず、驚きで言葉が出なくなる。

（嬉しい）

待ち焦がれていた夫からの愛が、やっと自分の元へやってきてくれた。だいぶ遠回りをしたけれども。

ぽろぽろと涙を零し、彼女は力いっぱい飛龍の肩に抱きつく。

「殿下、殿下ぁ……」

「よしよし。お前は本当に泣き虫だな」

「だって……私はずっと、殿下をお慕いしてきたんですもの」

「知っている。さっき聞いた」

飛龍も鳴鈴を思いきり抱きしめた。怪我した左手には力が入らないが、彼女の細い体を抱きしめるには、右手一本でじゅうぶんだった。

捌《はち》　よみがえる悪夢

飛龍の傷は順調に回復し、十日で抜糸に至った。

そのあとは『普段通りの生活はいいが、激しい運動はひと月経つまで禁止』と侍医に言われ、抜糸から二十日間、ただの添い寝をしていた飛龍と鳴鈴夫婦であった。

飛龍が左手を使えない間、鳴鈴はかいがいしく、彼の仕事や生活の手伝いをした。

そして飛龍が怪我をしてから、ついにひと月が経った夜。

（ついに……ついにこのときが……！）

夕方、飛龍から侍女たちに、鳴鈴と共寝をするという通達がされた。

彼の性格からすれば、誰にも言わず黙って結ばれたいものであるが、基本的に皇族の妃は共寝の支度を侍女に手伝ってもらわねばならない習わしがある。

彼女たちは湯浴みの際に念入りに妃の体をこすり、同衾用の赤い衣を着つけ、濡れた髪を乾かして梳《す》き、寝化粧まで施す必要があった。

「ねえ緑礼。私、おかしいところはないかしら？」

「ええ。いつも通り可愛らしいです」

洞房でこくりと微笑んでうなずいた緑礼に、鳴鈴はむくれて返す。

「可愛い、じゃダメよ。妖艶、とか色っぽい、とかじゃないと」

いざ同衾となっても、色気のない自分に飛龍はがっかりしないだろうか。今さら心配になってきた。

「そういう雰囲気は、一朝一夕で出るようなものではないかと……」

「うう。やっぱりそうよね」

「まあ、これから殿下に愛されれば、それなりに色っぽくなっていくんじゃないですか?」

面倒くさくなってきたのか適当に返した緑礼は、すっと立ち上がった。

「どこへ行くの?」

「もうすぐ殿下が来られるでしょう」

「ああ、そっか……」

緑礼にしてみれば、この状況で飛龍と顔を合わせるのは気まずいだろう。けれど、ひとりで彼を待つ緊張を紛らわせてくれる彼女がいなくなるのは心細い。仕方なく緑礼の背中を見送ると、入れ違いで侍女が現れた。

「星稜王殿下のお成りでございます」

初夜からだいぶ日が経っているからか、侍女は緊張した面持ちで言った。

鳴鈴が褥のそばに座ったまま、しゃきんと背を伸ばすと、侍女が出ていく。鳴鈴は耳の後ろで、どくんどくんと血管が脈打っているのを感じた。

開けられた引き戸の間から、飛龍が現れた。光沢のある襟の詰まった胡服に、赤い帯を締めている。

彼が部屋の中に入るなり、戸が閉められた。

部屋の中は暗く、赤い蝋燭の灯りだけがふたりきりの空間を照らす。一段高くなった牀榻の前に座った鳴鈴の横に、飛龍が腰かけた。それだけで鳴鈴の肩はびくりと震える。

鳴鈴は横にいる飛龍をちらりと見た。申し合わせたように、鳴鈴の方に顔を向けた飛龍と目が合う。彼が照れくさそうに微笑む。鳴鈴もそれに答えるように、はにかんで笑った。

「改まると緊張するな」

香草を入れた湯にでも浸かってきたのか、飛龍の体からいいにおいが立ち上っているような気がする。

「はい。緊張します」

素直にうなずいた鳴鈴に、飛龍は苦笑を漏らす。

「だが、もう待てない。悪いな」

飛龍は立ち上がり、鳴鈴を抱き上げて牀榻に上がった。褥の上に鳴鈴を横にすると、顔にかかった髪を、頬を撫でるように優しくよける。

「私の方が、何ヵ月も殿下をお待ちしていたのですよ」

「ああ、悪かった、悪かった。それはもう水に流してくれ」

初夜から飛龍に背中を向けられ、そのあと一度も同衾することなく、周りに白い目で見られてしまった。

今夜に至るまでいろいろと悩んで苦しんできた鳴鈴としては、いたずらに蒸し返すことはせずとも、簡単に忘れることはできない。

「お前があまりに可愛いから、失うのが怖かったんだ」

最近やっと聞くことができるようになった甘い声が、鳴鈴の耳をくすぐる。額に口づけられ、余計に胸が高鳴る。

「さあ、おしゃべりはここまでにしよう」

甘い口づけが額から唇へと落ちてくる。鳴鈴が目を閉じると、飛龍の手が彼女の帯にかかった。

帯を緩められ、衣をはだけさせられる。零れた白く丸い膨らみを思わず隠そうとする鳴鈴の右手を、飛龍が掴んだ。

「綺麗だ」

ひとことだけ呟くと、若くみずみずしい素肌に飛龍の大きな手が触れる。

「あ……っ」

初めての感覚に、鳴鈴は抵抗する力を失った。しかし飛龍がその素肌に唇を触れさせようとした瞬間。

「星稜王殿下！」

部屋の外から、飛龍を呼ぶ声が聞こえてきた。彼はぴたりと動きを止める。

「殿下、呼ばれて……」

「黙っていろ」

聞こえないふりをして、飛龍は行為を続行しようとする。鳴鈴としては、すぐそこに誰かがいると思うと気が気ではない。

「星稜王殿下、帝城から火急の報が……！」

聞こえてくる遠慮のない大声が、今度こそ飛龍の動きを止めてしまった。小さく舌打ちをし、上体を起こした飛龍は不機嫌に怒鳴る。

「なんだというのだ。そこで申してみよ」

「はっ。恐れながら申し上げます。明朝すぐ、帝城に出向くようにとの主上のご命令でございます」

皇帝の命令と聞き、飛龍は深くため息をついた。

「この前、花朝節の宴で参内したばかりではないか。今度はいったいなんの用があるのだ」

完全に戸の方を向いてしまった飛龍の目を盗み、鳴鈴は衣の前を合わせる。まだ何も脱いでいない飛龍の前で、自分だけ素肌をさらしているのが恥ずかしかったからだ。

「翠蝶徳妃様が賊に襲われ、お怪我をされたそうで」

「なんだと」

飛龍は立ち上がり、牀榻から下りた。

「徳妃様は無事なの？」

翠蝶徳妃まで襲われたと聞けば、鳴鈴も黙って傍観してはいられない。

「ええ、命に別状はないとか……詳しいことを話したいゆえ、なるべく早く参内するようにと」

「……わかった。少しだけ待ってくれ。すぐ準備に取りかかろう」

返事を終えた飛龍は、眉を下げた顔で牀榻の方へ振り返った。

「申し訳ないな。せっかく待ち焦がれた夜を迎えたというのに」

「いいえ！　謝らないでください。私は大丈夫です。それより翠蝶徳妃様のことが心配で……」

言いながら衣を自分で着ようとするが、箱入り娘の鳴鈴は帯ひとつ満足に締められない。

ふわふわと浮いてはだけてしまう胸元が恥ずかしくて、飛龍に背を向ける。悪戦苦闘を続けていると、ふわりと背中から抱きしめられた。

「こんな姿を見せられて、俺の方が我慢の限界なんだが」

首筋にすり寄り、唇を這わせてくる飛龍。逃げられない鳴鈴は背中を震わせ、赤面する他ない。

「耳も首も真っ赤だ」

「で、殿下、早く出立の準備を……」

震える声で鳴鈴が言うと、飛龍は彼女を解放し、小さく笑った。

「仕方ない。非常に名残惜しいが、楽しみはもう少し先に取っておくことにしよう」

ほっとした鳴鈴の額に、飛龍はそっと口づけた。

明朝、夜明けと共に星稜王府を出発した飛龍に、鳴鈴も付き添っていた。

翠蝶徳妃が気に入っている笛を持ち、急ぐ馬車の中で、じっと外の気配をうかがう。

また賊に襲われはしないかと気が気ではなかったが、その心配は不要だった。

星稜王府一行は、馬を休める時間だけわずかに取ったが、その日の夜には帝城にたどり着いた。

「翠蝶徳妃様！」

到着してすぐ、鳴鈴と飛龍は翠蝶徳妃を見舞う。

後宮に皇帝以外の男が入るのは基本的に許されていないが、義理の息子である飛龍は特別に許可を得た。

「あら……ふたりとも。ごめんなさいね、心配かけて。大したことないのよ」

褥から起き上がろうとする翠蝶徳妃を、飛龍がそっとその肩を押して止める。

体力は消耗しているようだが、予想以上に顔色のいい翠蝶徳妃に安心した鳴鈴は、ほっと息を吐いた。

「いったい何があったのです」

飛龍が聞くと、翠蝶徳妃は怪我を負ったときのことを思い出すように、天井を見上げて話す。

「何がなんだかわからなかったわ。お庭を散歩していたら突然、矢で射られたのよ」

「ひえっ」

「大丈夫よ、鳴鈴。腕を掠めただけで済んだの。すぐに手当てをしてくれたし」

思わず悲鳴を上げた鳴鈴を安心させるように、翠蝶徳妃は汗ばむ顔でうっすら微笑む。褥から出た腕に、包帯が巻かれているのが見えた。

命が助かったのは幸いだったが、まさか翠蝶徳妃まで狙われるとは。鳴鈴は周りの空気が冷えていくような寒さを感じる。

「下手人は、相当俺を憎んでいるようだな」

地の底をえぐるような低い声で、飛龍が呟いた。

「俺を狙うならともかく、鳴鈴や義母上まで傷つけるのは許せん。絶対に罰してやる」

血管が浮き出るくらい力を入れて握りしめる拳に気づき、鳴鈴は彼のそれをそっと両手で包む。

「そんな怖い顔をしていたら、徳妃様が安心してお休みになれませんよ。ね、殿下」

「黙れ。まだ下手人はこの辺りにいるかもしれない。探索に行ってくる」

「殿下！」

剣を掴んでひとりで駆け出しそうな飛龍を、鳴鈴は必死に止める。飛龍はきっと、ひとりきりで敵をおびき寄せるつもりだ。そんなことはさせられない。

「その必要はないわ、飛龍。下手人はもう捕まったの」

弱々しい翠蝶徳妃の声が、ふたりの動きを止めた。

「なんですって？」

飛龍が目をつり上げ、横たわった義母を睨むように見下ろす。

「鳴鈴やあなたを狙ったのも、その下手人だそうよ。その件で主上が話をしようとあなたを呼んだの」

そこまで言うと、まるでちょうどいい瞬間を狙ったように部屋の戸が叩かれた。

「星稜王殿下、徐妃様。主上の準備が整いましたゆえ、移動をお願いいたします」

鳴鈴は無意識に、ごくりと唾を飲み込んだ。

「私も？　私は徳妃様に付き添っていてはいけませんか？」

下手人が誰かということは当然気になるが、徳妃をひとりにしていくのも心配だ。つきっきりで侍医や侍女がいるとしても、彼らは淡々と仕事をするだけで、翠蝶徳妃の心に寄り添うことはない。賊に矢を射られて怪我をするなんて、どれほど怖かったことだろう。鳴鈴は自分が池に落ちたときの恐怖を思い出して震えた。

「気持ちはわかるが、主上の命令に逆らわない方がいい」

飛龍は苦々しい顔で言った。この国では皇帝の命令は絶対。何人たりとも逆らうことは許されない。

「いいのよ。いってらっしゃい、鳴鈴」

「徳妃様。よろしければ明日、笛を演奏しても？」

「楽しみにしているわ。あなたの笛は心が休まるの」

微笑んだ徳妃にこくりとうなずき、鳴鈴は飛龍のあとについて部屋を出た。


宦官《かんがん》に案内されたのは、帝城の北端にあり、政の中枢である大極宮の一室だった。普段は多くの家臣が集まり、会議などをする部屋だが、今は暗く、がらんとしていた。

皇帝と、横に座った武皇后の周りだけが特大の蝋燭で煌々《こうこう》と照らされている。参上したふたりが深く頭を垂れると、皇帝が顔を上げるように命じた。

「翠蝶を見舞ってくれたようだな。彼女まで傷つけられたことは、朕としても到底許しがたい」

皇帝に、花朝節のときに見せた茶目っ気のある表情はなく、今あるのは怒りそのものだった。

「同感でございます」

飛龍がうなずいた。

「下手人を捕らえたと聞きましたが？」

「その通りだ。城内の総力を駆使し、捕らえてやった。連れてこい」

皇帝が手を叩くと、飛龍たちの後ろにある扉が開き、兵士たちが縄で縛られた男を引き連れてくる。

「もしや……！」

無理やり正座させられた男の姿を見て、鳴鈴は思わず声を上げた。その男は、初めて飛龍に出会った日に鳴鈴の馬車を襲った賊の首領に似ていた。あのとき男は顔を隠していたが、着ていた胡服が全く同じだ。

「見覚えがあるのか」

皇帝に問われ、同じく男に見覚えのあった飛龍が、鳴鈴が最初に襲われたときのことを説明した。

男は拷問されたらしく、全身に鞭《むち》で打たれた傷があり、顔は打撲の痕で腫れ上がっていた。傷さえなければ、二十代半ばの若い男に見える。体はたくましく、眉毛が濃くて、目鼻立ちはくっきりとしていた。

「いい加減に名乗れ。おぬしは誰だ」

皇帝が言うと、男はとうとう観念したように口を開く。

「馬仁《ばじん》」

「姓は名乗らぬか。どうして飛龍に関わる者を次々に襲った」

苛立った口調で皇帝が問うと、馬仁は口をつぐんで黙る。すると飛龍がすらりと自らの剣を抜き、馬仁の首筋にぴたりとつけた。

「洗いざらい吐け。でなければ、この場でその首を斬り落としてやる」

余計なことをすれば、飛龍の手が滑って本当に馬仁を殺してしまうかもしれない。

鳴鈴は、じっとその場を見守っていた。

すると不意に馬仁が笑い出した。眉根を寄せた飛龍が彼を睨む。

「覚えていないか、星稜王。そうだよな、俺はあのときただの兵士見習いだった。今とは比べ物にならないくらい若かった」

「何……？」

「俺はお前のせいで滅んだ、梁家の生き残りだ！」

獣の唸り声に似た叫びに、その場にいた者全員が凍りついた。宮廷では禁忌となって久しい梁家の名を堂々と口にした男は、不敵な笑みを浮かべた。

「俺は命からがら追っ手から逃げ、盗賊となった。それ以外には、生きていく術がなかった」

梁家の者と知られてはいけない。しかし、それ以外の名を証明する手立てを持たなかった者たちは、耕す畑を借りることもできず、どの貴族の屋敷や商店でも雇ってもらうことは容易ではなかった。

飛龍が他国へ逃がした者たちは、彼が密かに手を尽くしたのでなんとか農民として暮らしているはずだったが、彼の手から余った者たちは、野垂れ死ぬか盗みを働くかしかなかったのか。

鳴鈴は、どくどくと胸が不吉な鼓動を打つのを感じた。

（殿下が梁家の者を逃がしたと、主上に知られたら……）

そうなれば、飛龍もただではすまない。しかし梁馬仁は、他の生き残りが他国に逃げたことを知らないようだった。

「その娘を最初に狙ったのは、単に金と人身売買目当てだった。しかしそのときにお前に再会し、十年前の怨念がよみがえった」

飛龍は馬仁の怒声に打たれ、黙って彼を見つめていた。

「雪花様を忘れ、新しい妃を迎え、武勲をたてて皇帝に可愛がられている……そんな呑気《のんき》なお前に罰を与えてやろうとしたのさ」

あのとき馬仁は、あっさりと引き下がったように見えた。しかし、一度再燃した彼の怨念は、そう簡単に消えなかったのだ。

（だから私を刺そうとしたり、お菓子に毒を混ぜたり、結婚をお膳立てした翠蝶徳妃様まで襲ったりしたんだ……）

その思いの強さに、鳴鈴は戦慄する。

「どうしてあのとき、威海様を止めてくれなかった。お前が向宿鵬と、雪花様を取り合ったりしなければ。威海様より先に、お前が宿鵬に罰を与えてくれていれば……！」

笑みを消し、泣くように叫ぶ馬仁の声が広間中に響いた。

（梁家の悲しみは、十年経っても……ううん、たった十年で消えるわけがない）

怒りよりも悲しみが、鳴鈴の胸を侵食していく。

「でも、殿下は雪花さんを忘れたりしていない」

ぽつりと呟いた鳴鈴の声に、馬仁が閉じていた目を開けた。

「殿下はずっと、雪花さんを失ったことを悲しみ、悔やんできた。だから十年ずっと、妃を娶らなかったの。妃が権力争いで傷つくのを恐れて……」

「やめろ」

飛龍が馬仁から刃を離し、静かに鞘《さや》に納める。切れ長の瞳が鳴鈴を睨んでいた。

『余計なことを話すな』と言うように。

「殿下は何も悪くない。ただ雪花さんを愛し、国のために戦っていただけよ」

「鳴鈴、もういい」

「お願いだから、もうこれ以上、殿下を苦しめないで……！」

涙目になった鳴鈴を、飛龍が黙らせるようにぎゅっと抱きしめた。

「……なるほど、そういう恨みを持っていたのか」

皇帝が声を発すると、全員が黙ってそちらを見つめる。

「梁家の者は、生かしてはおけない。皇族殺しの罪を負っているのだから」

「陛下、今少しの温情を……」

武皇后が口を挟むが、皇帝は首を横に振った。

「例外はない。この者だけ助けるわけにはいかない」

皇帝が立ち上がり、「連れていけ」と指示した。兵士たちに引きずられながら馬仁は叫ぶ。

「皇后陛下！　お助けください、皇后陛下！」

梁家の悲劇に関わっていない武皇后に助けを求める馬仁。しかし武皇后は、悲しげに目を伏せるだけだった。

「あの者は詳しい調査をしたのち、公開処刑する」

冷徹な皇帝の声が響いた。

(どうしよう。なんとかして助けられないの?)

殲滅されたはずの梁家の生き残り。しかも、強盗を繰り返し、皇族を次々に襲ってしまった。

普通に考えれば死刑は当然だが、鳴鈴は馬仁に同情を覚えずにはいられない。彼もきっと、これまで地獄のような苦しみを味わってきたはずだ。

何か言おうとした鳴鈴を、飛龍はより強く抱きしめた。

「こらえろ。こらえてくれ」

耳元で囁かれ、鳴鈴は脱力する。ここで彼女が皇帝に抗弁すれば、今度は星稜王府や徐家が害を被るかもしれない。

自分を止めてくれたことに感謝しつつ、鳴鈴は飛龍を抱き返した。彼の体から迸《ほとばし》る悲しみを感じ、胸が痛かった。

重苦しい雰囲気の広間から出たあと、飛龍は帝城の西にある宮殿に借りた部屋に閉じこもってしまった。

『しばらくひとりにしてくれ』

飛龍としては妃に情けない顔を見せたくないのだろうが、鳴鈴としては少し寂しいし、心配でもある。

一連の事件の下手人が、まさか梁家の生き残りとは。飛龍も全く疑わなかったわけではないが、そう思いたくはなかったのだろう。彼らはどこかで必死に、まっとうに生き延びてくれている……そう信じたかったに違いない。


明朝、後宮に泊まった鳴鈴は緑礼を伴い、翠蝶徳妃の部屋を訪ねた。

「おはよう。どうだった？　下手人は何か話した？」

鳴鈴の顔を見るなり、心配そうに尋ねてきた徳妃。鳴鈴は笑顔を作ることができず、ただうなずく。昨夜広間であったことを話すと、みるみるうちに徳妃の表情が曇った。

「そう。あなたは雪花さんのことを知っていたのね」

「つい先日、殿下からお話を……」

牀榻のそばに跪く鳴鈴を、徳妃は悲しげな顔で見つめた。

「あなたにとってもつらい話だったわね。ごめんなさい。きっと傷ついてしまうとわかっていても、私はあなたに飛龍に嫁いでほしかった」

「徳妃様……」

「ひと目会って、あなたが優しい子だってわかったのよ。あなたなら、きっと飛龍の悲しみに寄り添ってくれると思った。飛龍の傷だらけの心を癒せるんじゃないかって……」

祈るような翠蝶徳妃の声に、鳴鈴は申し訳なくなる。

「謝らないでください。私は殿下に嫁いで、とっても幸せです。でも」

「でも？」

「私じゃ、お役に立てないみたいです。殿下の心を癒すことなんて、とても……」

その証拠に、こんなときに距離を置かれてしまった。

(殿下は優しいから、気を使っているだけなのかも)

愛していると言ってくれた。可愛いとも。

でもそれは、処女妻だというせいで周りに妃扱いしてもらえない鳴鈴に対する気遣いだったのかもしれない。そう思うと、鳴鈴の胸は張り裂けそうになる。

(抱こうとしたのも、夫としての務めを果たそうとしただけじゃ……)

なんとか振り向いてほしかった。でも彼は、決して自分を抱こうとしなかった。

太子妃や侍女の意地悪な言葉に傷ついた。かと思えば身を挺《てい》して自分を守り、口づけをくれた飛龍の優しさに舞い上がり、愛されている気がしていた。

(私はずっと自分のことばかりで、殿下の悲しみに気づけなかった)

今思えば、襲撃されたあとの馬車の中で飛龍が零した『皇族になど生まれたくなかった』という言葉や表情に、過去の悲しみが表れていたのだろう。

しかし鳴鈴は、それに気づかなかった。自責の念に押しつぶされそうになる。

「そんなことないわ。あなたが嫁いでくれてから、飛龍の表情が、とてもよくなっているもの」

「えっ？」

「飛龍は不器用だし、嫌っている者には容赦ないわ。でも、あなたのことは壊れ物みたいに扱っている。大事にしているのがわかるわ。本当よ」

翠蝶徳妃の言葉が鳴鈴の胸に沁《し》みる。

「昨日、飛龍があれほどまでに怒っていたのは、大事なあなたを傷つけられたからよ」

「私もそう思います」

黙っていた緑礼が、後ろから口を挟んだ。

「想っていない相手を、身を挺して守ろうとはしないでしょう。殿下はお妃様を守るため、しなくてもいい怪我をされた。しかも武将の宝である腕に、です」

毒入り菓子を食べた侍女が暴れたときのことを言っているのだろう。鳴鈴は珍しく多弁な緑礼の顔をじっと見つめる。

「もしあのとき、出兵命令が出ていたら。殿下は出兵できず、主上に役立たずの烙印《らくいん》を押されていたことでしょう」

「あ……」

「それでも殿下は、お妃様を庇った。それに気づいたのは、あの事件から少しあとのことでした。そのとき初めて私は殿下を信用するようになったのです」

泣いてはいけない。今の自分に泣く権利などない。そう思っているのに、鳴鈴の目に涙がにじむ。

「最初は、若い妃を処女妻のままにしておくなんて、なんという情なしかと思っていました。本気で実家に帰った方がいいと。私はもう、毎日イライラして……」

歯に衣着せぬ緑礼の言葉に、翠蝶徳妃がくすりと笑った。

「飛龍にも、過去を清算する時間が必要だったのね。あなたもつらかったのは確かなんだから、自分を責めなくてもいい」

「はい……」

「これからはふたりで幸せになってちょうだい。あなたたちなら大丈夫よ」

優しい徳妃の声に誘発された涙がひと粒、鳴鈴の目から零れ落ちた。彼女はそれを手で拭い、今度こそ笑顔を作った。


夕方を過ぎ、出された食事にも手をつけず、飛龍はただぼんやりとしていた。

馬仁という名前を必死に記憶の中から検索すると、彼は雪花の遠い親戚だったということを思い出した。

(助けられなかった……)

雪花も、彼女の父も、多くの梁家の人々を無残に殺されてしまった。

そのときの光景が悪夢のようによみがえり、飛龍を襲う。吐き気をこらえ、くしゃくしゃと頭を掻いた。

(彼らが死んだのは、俺のせいだ)

それなのに自分はまだ、皇族として生きている。手を差し伸べられなかった馬仁が自分を憎むのは当然だろう。

出家するのもいいな、と飛龍は考えていた。この世と縁を切り、もう誰も傷つけずに生きていけたら。

（しかし、鳴鈴はどうする？）

飛龍の過去を知っても、変わらずに尽くす鳴鈴のことを思うと、やはりそれはできない。

彼女はまだ処女妻。次の嫁ぎ先はいくらでもあるだろう。弟皇子に下賜するという手もある。だが誰よりも飛龍の心がそれを拒否していた。鳴鈴を離したくはない。誰にもやりたくない。

現実逃避をやめて、飛龍はため息をついた。そのとき、部屋の戸が遠慮がちに叩かれる。

「殿下、鳴鈴です」

ひとりにしてくれと言ったのは自分だ。しかし飛龍は彼女の声を聞くと、途端に気分が浮上するのを感じた。鳴鈴が自分を暗い湖の底から引き揚げてくれるような気がする。

「入れ」

命じると、すっと戸が開いた。隙間から、ちらりとこちらをうかがう鳴鈴に微笑み、手招きをする。

「もっとそばに来い」

鳴鈴の顔がぱっと明るくなり、戸を閉めると小走りで近寄ってきた。

「翠蝶徳妃様がお休みになったので、おいとましてきました」

滑り込むように正面に座る鳴鈴。

「そうか。緑礼は？」

「後宮で、小鳥の世話をしてくれています」

小鳥というのは、飛龍が買ってやった鳥たちのことだろう。なぜこんなところにまで連れてくるのかと思ったが、口に出すのはやめた。

緑礼から、鳴鈴が侍女に悪口を言われていたのを聞いていたからだ。侍女たちがちゃんと小鳥の世話をするか不安で、連れてくるしかなかったのだろう。

「お食事、召し上がっていないのですか？」

飛龍の前に置かれた手つかずの膳を見て、鳴鈴が悲しそうな顔をする。

「いや……今からだ。お前も食べるか」

「いいえ、私は徳妃様のところでいただいたので」

「そうか」

しんと静まり返る部屋。いつもうるさいくらいに話しかけてくる鳴鈴も、さすがに今日は何を言っていいのかわからないらしい。

飛龍は黙って箸を取り、冷めた食事を黙々と口に運んだ。ほっとした表情を隠さない鳴鈴を見て、飛龍もまた安堵する。

空になった膳を下げさせると、鳴鈴が遠慮がちに言う。

「あの……ご迷惑でなければ、床を共にさせていただきたいのですが」

外はもう真っ暗になっている。昨夜に引き続き、今夜も帝城に泊まることになっていた。

飛龍としても、もう少し滞在して明らかにしたいことがある。なぜ苦労してきたはずの梁家の生き残りが、上等な胡服を着ていたのか。鳴鈴を襲ったときに持っていた金の短剣もだ。

ただの盗品だとすれば話は早いが、もしかするとどこかの貴族が彼らを支援し、人身売買に関与していた可能性もある。

一歩間違えたら、鳴鈴は誘拐されて異国に売られていたかもしれない。そう考えると、飛龍の腹にふつふつと怒りが湧いた。だが鳴鈴の手前、それは隠すことにする。

「迷惑なものか」

手を伸ばして頭を撫でると、鳴鈴の頬はほんのりと紅潮した。

「な、何もしなくてもいいのです。今夜はお疲れでしょうから、あの……一緒にいられるだけで」

自分でかなり大胆なことを言ったと今さら気づいたのか、鳴鈴の声はだんだん小さくなっていく。

「ああ、わかっている」

鳴鈴が自分を気遣ってくれていることが、飛龍には痛いほどわかっていた。

（過去に囚われ、沈んでばかりはいられない。自分はこれから、この幼い妃を幸せにしなければならないのだから）

意識的に微笑んで、鳴鈴に話しかける。

「笛を吹いてくれないか、鳴鈴。お前の笛が聞きたい」

鳴鈴は、ぱっと顔を上げた。

「お安いご用です！」

帯に差していた笛をいそいそと取り出し、鳴鈴は立ち上がった。

彼女が息を吹き込むと、優しい音色が空間を満たす。飛龍はまぶたを閉じ、耳を傾ける。

まだ血を流している生々しい心の傷が、徐々に癒されていくのを感じた。

玖《く》　名前を呼んで

翌朝、飛龍は馬仁を尋問する許可を皇帝に求めた。

「あの者はおぬしに対して個人的な恨みを持っている。他の者に任せた方がよかろう」

馬仁は飛龍に対しては意地があるので、どれだけ拷問を受けさせようと、これ以上何も話さない可能性があると皇帝は言う。

そこで代わりに呼ばれたのが、浩然だった。顔立ちも語調も優しいので、彼が問いただせば、ぽろりと本音を零すかもしれないというのが皇帝の狙いだった。


「尋問が終わるまで、帰れないではないか」

飛龍は星稜王府に向けて文《ふみ》を書く。政に関するそれは自然と長くなり、鳴鈴はそれを、重ならないように伸ばして乾かす手伝いをしていた。

「皇太子殿下は有能だが、いかんせん優しすぎるきらいがある。相手に同情してしまって、じゅうぶんに話を聞き出せないのではないか」

「それは殿下も同じです。梁家に対する申し訳ない気持ちがあるでしょう。主上はそれをおわかりなんですよ、きっと」

　紙が舞い上がらないように団扇でそっと扇《あお》ぎつつ、鳴鈴が言うと、飛龍はぐっと喉を詰まらせるように黙る。

「お妃様、その意気です」

　新しい紙を用意している緑礼が言った。飛龍が舌打ちしたが、鳴鈴には聞こえなかったようだ。

　結局その日はなんの成果も上げられないまま過ぎ、次の朝になってしまった。


「まあ、宇春！」

　鳴鈴は喜びの声を上げた。翠蝶徳妃の部屋に、自分で活《い》けた麦藁菊《むぎわらぎく》の花盆を持っていく途中、突然友人の宇春が現れたからだ。

「鳴鈴、会えて嬉しいわ！　あなたが花朝節の帰りに襲われたり、星稜王府で毒殺未遂があったりしたって聞いて、心配していたのよ」

　鳴鈴は近くにいた緑礼に花盆を預け、宇春の手を取る。

「私はこの通り、元気よ。星稜王殿下や翠蝶徳妃様がお怪我をされたのだけど」

「ええ、それも聞いたわ。だから徳妃様のお見舞いにやってきたの」

宇春は後ろに控えていた侍女たちに目線を送る。彼女たちが持つ盆には、山盛りの果物が。

「わあ、すごい。徳妃様はきっとお喜びになるわ。でも、どうして宇春が徳妃様のお見舞いに？」

首を傾げた鳴鈴に、宇春は明るく笑った。

「友達のお義母様《かあさま》だもの、当たり前よ。ついでに自分のお義母様のご機嫌うかがいも、たまにはしないといけないから」

後半は耳打ちだった。順番が逆じゃないかと思いながら、鳴鈴はくすりと笑った。

「魁斗王殿下も来ていらっしゃるの？」

「ええ。あとで星稜王殿下も誘って、みんなで昼食をとりましょう。話したいこともあるし」

また語尾を細めた宇春に、鳴鈴は首を傾げた。

（周りに内緒にしなくてはならないような話なのかしら？）

疑問に思ったが、その場では口にしないようにして、一旦ふたりは別れた。

そして昼、円卓を運んで食事の用意をした飛龍の部屋に、李翔と宇春が現れた。

「よく来てくださった、鄭妃」

歓迎の笑みを浮かべた飛龍に、李翔が口を尖《とが》らせる。

「次兄、俺を忘れないでくれます？」

「お前はのろけ話しかしないからな。鄭妃を見倣え。鳴鈴だけでなく、義母上にまで気を使ってくれる」

「いやいや、そんなことないですから。果物を用意したの、俺なんですよ。のろけ以外も話しますって」

ふたりのやり取りに、鳴鈴は笑った。

葡萄酒《ぶどうしゅ》を酌み交わし、雑談をしながら昼食をとる。この前はべろんべろんに酔っぱらっていた李翔だが、今日は少し量を控えているようだった。

「ところで次兄は、もう徐妃様と床入りを済まされたのですか？」

そう問われた飛龍は、ぎろりと李翔を睨んだ。鳴鈴は水を吹き出し、緑礼がすかさず拭く。

「お前には関係ない」

「まさか、まだなのですか。ひどい、人でなしだ。こんなに可愛い徐妃様に失礼だ！」

ぷんぷんと怒り出す李翔を、鳴鈴がなだめる。

「あのう、魁斗王殿下。殿下はお怪我をされて……」

鳴鈴の言葉にうなずき、飛龍はぼそりと言う。

「抱きたくても抱けなかったんだ」

「そうそう……え」

思いがけない飛龍の言葉に、鳴鈴は赤面する。

「そうなのか！」

李翔が思いきり納得して手を打ったので、鳴鈴はますます恥ずかしくなってうつむいた。

「想いは通じ合っているのね、鳴鈴。よかった！」

心配していたらしい宇春が、鳴鈴の肩を抱いて喜ぶ。

「では、俺に負けず、存分にのろけてください。さあ、さあ」

詰め寄る李翔の額を大きな手で掴み、押し返す飛龍のこめかみには、くっきりと青筋が立っていた。

「お前には一切話さん」

「いいじゃないですか。じゃあ徐妃様の好きなところを十個挙げて……」

「うるさい、黙れ！　鳴鈴に興味を持つな！」

そんなつもりじゃないのに、と李翔は笑う。飛龍はひとつ舌打ちをしたあと、黙りこくってしまった。にぎやかな食卓で、彼だけが黙々と料理を口に運んでいた。

ひと通り食事を終えると、李翔は宮廷侍女たちに外に出るように命じた。

「次兄、ここからが本題です」

李翔が珍しく真面目な顔で飛龍に向き合う。

「徐妃様や徳妃様を襲った下手人のこと、聞きました。しかし、どうもおかしいとお思いになりませんでしたか」

飛龍はひと口、酒を飲んでうなずいた。

「お前の思うことを言ってみろ」

「通り魔強盗の件は別にして、徐妃様が刺されそうになって池に落ちた件、そして今回の翠蝶徳妃様の件。これらは帝城内で起きている」

李翔だけには任せておけないのか、うずうずした表情をしていた宇春が口を挟んでくる。

「城壁は常人が乗り越えられるものではありませんし、それぞれの門には門番が立っている。ただの盗賊が入り込むのは容易ではありません」

「ですから、あの盗賊を城内に招き入れた者がいたと考えるのが自然ではないでしょうか？」

「その通りだ」

宇春の言葉を継いで李翔が言い終わると同時に、一瞬部屋が静まり返った。

「確かに、お妃様が池に落ちたのは花朝節の宴のとき。警備はいつもより手厚かったはず」

そばに控えていた緑礼まで、議論に参加し出した。

「それだけじゃない。星稜王府にまで入り込んだのよ。花朝節、その帰りにも襲撃、そのすぐあとに毒菓子事件。時間的に、馬仁ひとりですべての犯行を考えて実行したとは思えないわ」

「城下街での襲撃犯は、明らかに複数でしたしね。あれは仲間の盗賊の仕業かもしれませんが、毒菓子事件は怪しい」

鳴鈴と緑礼が顔を見合わせて真剣に話すと、李翔や宇春がしきりにうなずく。彼らを前に、飛龍が大きなため息をついた。

「わかっている。俺だってそれくらいのことは考えていたさ。そして主上も、それに気づいたから即処刑せず、尋問をしているんだ」

「だけどその尋問をするのが、どうして長兄なんです。あの人が今回の黒幕だっていう可能性もあるじゃないですか！」

声を荒らげた李翔を、飛龍が切れ長の目で睨む。すると彼は、ぐっと口をつぐんだ。

「滅多なことを言うものじゃない。どうして皇太子殿下が俺たちを狙う」

静かな低い声で言った飛龍に、宇春が答える。

「星稜王殿下が、あまりに美しく聡明《そうめい》で、武芸にも優れていらっしゃるからですわ。古斑との戦いを陛下は高く評価しておいでのようです。皇太子殿下が自分の立場を危ぶみ、星稜王殿下を害そうとしたのでは」

「バカなことを言うな。俺は一度、皇太子の位を返上している。再度立太子されることも、長兄が廃太子されることもないはず」

円卓に乗り出して力説する宇春に、飛龍は淡々と言い返した。鳴鈴は黙って考え込んでいる。

（主上は確かに、殿下がお気に入りみたい。でも、だからといってわざわざ今の皇太子殿下を廃し、一度退位した殿下を再度皇太子に据えたりするかしら？）

自分の仮説に乗ってこない飛龍に苛立ったように、李翔はムキになって言う。

「断言できるもんか。次兄、用心してくださいよ。今後もあまり手柄をたてすぎると、今度は『星稜王は謀反を企《くわだ》てている』とか、根も葉もない噂をたてられますよ」

飛龍は『もう結構だ』というように手のひらを前に出した。

「警告、ありがたく受け取っておく。お前もあまり大きな声で噂話をしていると、心配している被害がお前自身に降りかかるぞ。可愛い妃のためにも自重することだ」

皇族の身内争いは、歴史上、何度も当然のように繰り返されてきた。飛龍も李翔が言うようなことを一度は考えているはずだ。

「わかってくだされればいいのです」

たしなめられた李翔は、おとなしく引き下がった。


（身内争い……）

友人夫婦が去って急に静かになった部屋に、重い沈黙が落ちていた。鳴鈴は食器を下げる侍女たちを見送ってから、ぼんやりと馬仁に思いを馳せる。

（誰かが馬仁を身内争いに巻き込んで利用しようとしたなら、許せない）

もしそうなら、敵は飛龍の急所を見事に突いたことになる。過去の痛みを思い出させ、目立たぬよう無能な親王でいろ、と警告しているようだ。

「お前まで、深刻そうな顔をするな」

緑礼がいるにもかかわらず、隣に座った飛龍が鳴鈴の滑らかな頬を指で撫でる。

「お前だけは笑っていてくれ。それが俺にとって一番の薬になる」

事件はまだ終わっていない。この王宮で何かが起きていることを、飛龍も鳴鈴も感じていた。

言われた通り、ぎこちない笑みを浮かべた鳴鈴を、飛龍は抱き寄せる。

（何があっても、私が殿下を支えなきゃ）

広い胸の温度を感じ、鳴鈴はそっとまぶたを閉じた。


次の日。

廊下を走るバタバタという音で、飛龍は文を書く手を止めた。

「星稜王殿下！」

「何事だ。入れ」

慌てた様子で入ってきたのは、飛龍の側近だった。彼のただごとではない様子に、部屋の空気が張りつめる。

側近は荒い息を整えつつ、ごくりと唾を飲み込んで言う。

「馬仁が……死にました」

「えっ！」

思わず声を上げてしまった鳴鈴。飛龍は黙って立ち上がる。

「どうして？」

尋ねた鳴鈴に、側近が答える。

「拷問に耐えかねたのだろうと。朝、毒を飲んで自害しているのが見つかりました」

「バカな」

飛龍が硬い表情で唸った。

（毒を飲んで自害なんて。手足を縛られて自由を失っている馬仁が、どうやってそれを成し遂げたの？）

鳴鈴も立ち上がり、側近に詰め寄る。

「どうして彼が毒なんか飲めるの」

「さ、さあ。詳しいことは調査中のようです」

側近が言い終わらないうちに、飛龍が部屋の外へ出ていく。

「殿下、どちらへ」

「決まっている。牢だ」

飛龍は、馬仁が捕らえられていた牢獄に向かおうとしているらしい。

(自ら現場や遺体を確かめようというの？)

想像しただけで怖くて震える鳴鈴の代わりに、側近が飛龍を止めようと声をかける。

「現場は警吏しか入れないようになっています」

「ならば主上に許可を申請する」

苛立ちを隠さずに、飛龍は大股で歩き出す。

「殿下、お待ちください」

鳴鈴は必死でそのあとを追いかけた。もし李翔や宇春が言っていたことが本当だとしたら、浩然が自分に都合の悪い情報を持った馬仁を故意に殺した可能性もある。

「こうなったのは長兄の不手際だ。責任を取ってもらう代わりに、俺に調査する権利を譲ってもらう」

「そんなことをしてはいけません。恨みを買います」

馬仁を死なせてしまった浩然の不手際を追及するようなことをすれば、また理不尽な恨みを買ってしまう。

やっと捕まえた飛龍の腕に鳴鈴がしがみつく。彼はようやく動きを止めた。

「恨みを恐れていては、真実は明らかになりません。でも、周りの者を守ることはできます」

「しかし、それでは……」

言いかけ、飛龍は何かを噛み殺すように口を閉ざした。そのとき——。

「次兄、聞いたか⁉」

廊下の先から李翔が駆け寄ってきた。

「馬仁のことか」

飛龍が応じると、李翔は首を横に振る。

「それもだけど、もっと大変なことが起きている。なんと、萩軍が西端の城を狙って行軍してきているそうだ」

恐ろしい李翔の言葉に、鳴鈴は息を呑む。宿鵬と飛龍が同時に出陣し、飛龍だけが武勲をたてたのが、十年前の萩との戦だった。

(こんなときに……)

同じことを思ったのか、飛龍は忌々しげに舌打ちをした。

緊迫した顔を見合わせる彼らの元に、宦官がやってきた。

「星稜王殿下、魁斗王殿下。皇帝陛下がお呼びです。どうかこちらへ」

皇子たちは黙ってうなずいた。案内されるまま、彼らは大極宮へと向かう。鳴鈴もそれについていった。

大極宮には、既に多くの人間が集まっていた。皇帝と皇后、そして宦官や官吏、警吏、兵士たち。主に帝城で働く者たちだ。

「星稜王殿下、魁斗王殿下のお成り！」

鳴鈴たちが大広間に着くと、扉のそばに立っていた番人が声を張り上げた。

扉が開くと、人々が左右に分かれて道を開ける。頭を垂れる彼らの真ん中を、飛龍と李翔は大股で進んだ。鳴鈴は飛龍の陰に隠れるようにして進む。

「よく集まった。皆の者、顔を上げよ」

皇帝が玉座からそう言うと、全員が顔を上げる。彼の前で深く礼をしていた飛龍たちも、ゆっくりと皇帝を見上げた。

玉座の左横には皇太子が立ち、右横には武皇后が座っている。

鳴鈴は、いきなりケンカを売ったりしないかと飛龍の横顔をはらはらして見上げるが、彼はごく冷静な顔で立っていた。

「もう聞いたと思うが、ここ数年おとなしくしていた萩が動き出したとの情報が入った。清張城《せいちょう》が狙われているらしい」

清張城とは、崔の西端に位置する鍾平《しょうへい》にある城塞である。萩の攻撃に備え、国を防護する目的でできたそれは、十年前に飛龍が守った城塞でもあった。

「しかし情報自体がまだ曖昧で、確認が取れていない。情報は匿名で、しかも書面でよこされた。

「では、信憑性《しんぴょうせい》が薄いということでしょうか」

浩然が問うと、皇帝は眉をひそめた。

「そうとも言いきれない。調査をしておくに越したことはないだろう」

大広間がざわめく。この先、大きな戦になったりしたら、という不安が高まっているのを感じる鳴鈴だった。

「では、その調査には誰が行くのです？　鍾平にいる四弟ですか？」

鍾平の地を治めるのは、第四皇子。飛龍とはあまり仲がよくないが、母親が有力貴族出身であり、勉学や武術に励み、最近新たな鍾平王に封ぜられたばかりの努力型の若者だ。

浩然の問いに、皇帝は首を横に振る。

「あれは清張城に残らせる。調査に行くのは、そうだな……」

皇帝が皇子たちの顔を順番に見る。そして――。

「飛龍。やはりおぬしだ」

浩然を差し置き、重要な任務に指名されたのは飛龍だった。家臣たちのざわめきが大きくなる。

「今回の任務は、ただの調査ではない。もし萩が本当に兵を動かしていた場合、それを撃退する必要がある」

萩が清張城を落とそうとしているのが誤報ならば、早々に帰ってくればいい。しかし本当なら、戦闘は免《まぬが》れない。

「お前には五十の兵を与える。それで足りなければ全面衝突する前に退き、清張城で敵を迎え撃て。あそこは堅固な城塞だ。鍾平王だけでは不安だが、お前がいてくれれば百人力だろう」

「まっ……、お待ちください」

思わず声を上げてしまった鳴鈴を、皇帝や皇子たちが見つめた。責めるような目線に怯えながら、彼女は口を開く。

「不確かな情報しかないのに、五十しか兵を与えられないなんて。星稜王殿下に死ねとおっしゃるのですか」

「愚かなことを。朕は飛龍を信頼しているからこそ、そう言うのだ。あまりたくさんの兵を動かせば、敵に気づかれやすくなる」

鳴鈴は仕方なく口をつぐんだ。皇帝の隣にいる武皇后が『これ以上は抗弁しない方がいい』と目で訴えてくるからだ。

「私の妃が出すぎた発言を。申し訳ありません」

やっと当事者の飛龍が口を開いた。彼は鳴鈴を自分の後ろに隠すように立つ。

「ですが、陛下。少々、私を過大評価されているのではないでしょうか。ここから兵を動かすのであれば、皇太子殿下がふさわしいと思います」

「ふむ……しかしなあ」

皇帝は飛龍の言うことなら、素直に耳を傾けるようだ。そして、浩然については言葉を濁した。家臣や武皇后の前で、戦に関しては浩然より飛龍の方が優れているとは言えないのだろう。

浩然は武皇后に大事に育てられた優れ者ではあるが、実戦の経験が少ない。何より、武皇后が彼の出陣を嫌うという噂もある。彼は飛龍と皇帝のやり取りを、無言かつ真顔で聞いていた。

(どうか、出陣などしないで)

鳴鈴は祈るように飛龍の背中を見つめる。

「星稜の兵であれば、私もうまく扱えるでしょう。どうしても私が行かねばならぬのなら、星稜の兵がこちらに到着するまでお待ちいただきたい」

「ううむ……兵は迅速でなければならん。やはり浩然に……」

「それがいいですよ！　俺が皇太子殿下の補佐に回ります」

それまで黙っていた李翔が声を上げた。彼は武勲をたてたがっている。まだ若く、飛龍より功名心があった。

「いいえ。皇太子は帝都を出ることはできませぬ」

ざわざわとしていた広間が静まり返る。声を発したのは、それまで黙っていた武皇后だった。

「皇太子は自分の罪を償わなければ」

「どういうことだ？」

皇帝が眉間に皺を寄せて尋ねた。

「彼はなんの情報も得られぬまま、尋問中の罪人を死なせてしまった。その調査と後始末をしなくてはなりませぬ」

「母上」

初めて浩然が表情を動かした。眉をつり上げ、皇后を睨む。

「そして、国内に梁家の生き残りがおらぬか、それも確認しなくてはなりませぬ」

皇后の言葉に、それまで無表情を保っていた飛龍の眉がぴくりと動いた。

「そうか。その問題もあった」

「ではその調査の方に、私が参りましょう。梁家のことは、私に関わりのあることですから」

納得する皇帝に続き、飛龍がすかさず言った。しかし武皇后が決然として言い放つ。

「いいえ。自分の後始末は自分でつけさせねば」

まるで小さな子供に対する言葉のようだったが、それに反論する者はいなかった。

浩然本人もぎゅっと唇を噛み、黙ってしまう。

「ではやはり、適任者は飛龍しかいないか。李翔は勢いがあるが、今回のような任務には向いていない。飛龍よ、なるべく早く出立せよ」

皇帝が下した決断に、李翔は遠慮なく不満を顔に出した。鳴鈴も、李翔が行けばいいとは思わなかったが、飛龍が任命されたことに衝撃を隠しきれない。

（どうして殿下が行かなきゃならないの？）

鍾平で起きる問題は鍾平で解決すべきだ。星稜が古斑の脅威にさらされたとき、誰か他に立ち上がってくれたか。いや、誰もいない。そして再び同じことが起きたときも、飛龍自ら赴くしかない。不公平だと感じる。

鍾平でも城主が城を開けるのは不安だろうが、代わりに調査隊のみを派遣し、本当に敵が攻めてきたら、そのとき迎え撃てばいい。

第四皇子や李翔が未熟だとしても、いつまでも飛龍に頼ってばかりでは成長しない。皇太子もそうだ。城内にこもってばかりでは、いつまで経っても飛龍より高い評価はつけられない。

それでも、皇帝の決定を覆せる者はここにはいない。あまりの理不尽さに、鳴鈴はめまいを覚えた。

「……わかりました。しかし、準備もありますので、ひと晩だけ猶予をいただきたいのですが」

「それでも星稜から兵を呼ぶよりは早いか。よし、明朝まで時間をやろう」

飛龍の要求を、皇帝はしぶしぶ呑んだ。続けて皇帝の側近である軍師を呼び、飛龍についていく兵士の選定に入る。

その間、鳴鈴は奥に下がるように命じられた。その場に残った女性は武皇后だけとなる。

「お妃様」

扉の前で緑礼が待っていた。鳴鈴は幼い頃から知るその顔を見た途端、くしゃりと顔を歪めた。

「緑礼、どうしよう。殿下が……」

「星稜王殿下がどうなされたのです?」

「殿下が、また戦に行かなくてはならないんですって」

鳴鈴は寄り添った緑礼の両手を握る。そうしていないと、立っていられなくなりそうだった。


出陣準備を終えた飛龍は、皇帝と食事の席を共にするように命じられた。出陣前の湯浴みをして、鳴鈴が待つ部屋に帰ることができたのは、日がすっかり暮れてからだった。

準備を終えたといっても、星稜とは勝手が違う。兵士の顔ぶれも、飛龍が帝城に住んでいた頃とはだいぶ入れ替わってしまっているので、なんの障害もないとは言いがたい。結局、鐘平に連れていく人選は軍師に任せることになってしまった。

「鳴鈴」

すっと戸を開けると、ぼんやりとした蝋燭の灯りの中で鳴鈴がうずくまっていた。

何をしているのだろうと飛龍が近づくと、彼女はなんと、下ろした黒髪を振り乱し、砥石《といし》で肉切り包丁を研いでいた。

「……何をしているか、聞いてもいいか」

躊躇いがちに聞く飛龍に気づいて顔を上げた鳴鈴は、至極真面目な声音で言い放つ。

「私も明日殿下についていきますので、武器が必要かと」

「は？」

「緑礼も宇春も、危ないからといって剣や弓をくれないのです。戟や戦斧《せんぷ》は重くて持てないから、せめて包丁を」

「待て。いつ誰がお前を連れていくと言った」

飛龍が優しく鳴鈴の手から包丁を放させると、彼女は頬を膨らませた。

「誰も言ってくれないから、勝手についていくのです」

「やめてくれ。足手まといだ」

はっきりと言われ、鳴鈴は衝撃を受けた。たちまち泣きそうになる。

「わかっています。でも、でも……殿下と離れたくないのですっ」

雪花と違い、鳴鈴は戦闘訓練を受けていない。それどころか、まともに重いものを持った経験すらない。そんな彼女がつらい行軍に耐えられるわけがなく、それは鳴鈴自身が痛いほどわかっていた。

「雪花さんだったら、連れていってもらえたのでしょうね……そして、とっても殿下のお役に立ったことでしょう」

ぷいと飛龍に背を向けた鳴鈴はすぐに、つまらないことを言った自分を恥じた。それでも考えずにはいられない。

(雪花さんが生きていたら、殿下はもっともっと、幸せだったのに)

何もできない無力な自分などではなく、完全無欠の雪花が生きていたなら。そう考えれば考えるほど悲しくなってくる。座ったまままうつむいていると、背後から飛龍の大きなため息が聞こえた。

(ああ、呆れていらっしゃる)

当たり前だけれど、やっぱり悲しかった。自分のバカさ加減に打ちのめされていると、ふわりと背後から長い腕が伸びてきた。

「足手まといとは、そういう意味じゃない。お前がいると戦に集中できないんだ」

「殿下……」

鳴鈴を抱きしめた飛龍は、彼女の耳元で囁く。

「お前といると、穏やかな気持ちになれる。お前を傷つけられたら、冷静な判断ができなくなる。お前の姿ばかり目で追ってしまう。戦場でそれでは、他の兵たちが困ってしまう」

自分を傷つけないように言葉を選んでくれているのがわかり、鳴鈴はますます申し訳ない気持ちになった。

「絶対に無事に帰ってくる。心配するな」

「ええ……」

飛龍はいつだってそう言う。でも年下の鳴鈴にだってわかっていた。この世に〝絶対〟と言いきれることなどないのだと。

鳴鈴は溢れてくる涙を必死でこらえた。泣いてしまっては、まるで飛龍が死にに行くと言っているようではないか。

「おい。とりあえずはただの調査だと、主上も言っていただろ」

肩を震わせる鳴鈴を励ますように、飛龍が頭を乱暴に撫でる。

「でも、敵と鉢合わせする可能性だってあるじゃないですか。その可能性が高いから、殿下でなければいけないのでしょう?」

「そりゃそうだ。しかし、あまり悪い想像ばかりしないでくれ。現実になってしまいそうだ」

そう言われれば、鳴鈴は口を閉ざすしかない。黙った鳴鈴の体を反転させ、飛龍は微笑む。

「湯浴みをしたのか。化粧をしていないお前は、まるで少女のようだ」

つるりとした頬を撫でられ、鳴鈴は急に恥ずかしくなった。包丁を研ぐのに忙しく、寝化粧をしていなかったことを後悔した。

「……鳴鈴。閨に行こうか」

戸を一枚隔てた隣の部屋は、夫婦の寝室として貸し出されている。毎晩侍女たちが用意をしておくのだが、ふたりは添い寝しかしたことがなかった。

しかし今夜は違う。鳴鈴はそう直感した。つまり飛龍は、今夜こそ本当の夫婦になろうと言ってくれているのだ。

彼の熱のこもった視線から目を逸らし、彼女は首を横に振った。

「嫌か。つらいものだな、愛する伴侶に同衾を拒否されるというのは」

わざとがっかりした口調で言う飛龍。しかしその口の端は苦笑の形に上がっていた。

「殿下が今までしてきたことへの仕返しです」

「そう言うな。今はお前に首ったけだというのに」

「白々しい！」

飛龍の肩を叩き、鳴鈴は彼を睨んだ。しかし飛龍は穏やかに微笑んだままだ。

「嫌です。今そんなことをしたら」

「したら？」

「まるで、最後のお別れみたいだから……」

これが最後だから、お互いを忘れないように抱き合おうというのか。

鳴鈴にはそう感じられてならなかった。飛龍も、ある程度の覚悟はしているのではなかろうかと。

「バカを言うな。こんなに可愛い妃を一度抱いたくらいで死ねるか」

妃の思惑とは反対に、飛龍は別れを否定した。そして、そっと口づける。

「お前が欲しい。お前が俺のものだという証が」

「殿下……」

「本当に嫌なら、今言ってくれ」

飛龍の顔からはいつの間にか笑みが消えていた。切れ長の瞳で見つめられ、鳴鈴も覚悟を決めた。

目を伏せて、こくりとうなずく。するとそれを合図にしたように、飛龍が彼女の体を抱き上げた。

片手で鳴鈴の体を支え、閨に続く戸を開ける。用意された褥が蝋燭の仄《ほの》かな灯りに浮かび上がる。横にされると、鳴鈴の胸は高波のように揺れた。

「愛している。今もこれからも、お前だけを」

ひとつ口づけ、飛龍は自ら衣を脱ぎ捨てた。初めて見る彼のしなやかな肢体から、鳴鈴は思わず目を逸らした。眩しすぎて直視できない。

飛龍は構わず、目を逸らす鳴鈴の口を塞いだ。その甘さを確かめながら、彼女の帯をほどく。

しゅるりという衣擦れの音に鳴鈴は耳を塞ぎたくなったが、それは許されなかった。飛龍の舌が彼女の耳を刺激する。大きな手が衣の中に滑り込み、大きく襟を割った。露わになった細い肩から鎖骨に口づけられる。触れられる前から壊れそうなくらいに高鳴っていた胸が、柔らかく包み込まれた。

「殿下……っ」

思わず声を漏らすと、飛龍がしっとりした耳元で囁く。

「名前を呼んでくれないか」

「え……」

「その呼び方も悪くはないが、最近は少し李翔が羨ましい」

宇春は結婚当初から、李翔のことを名前で呼んでいた。鳴鈴もそのことを羨ましいと思ったものだ。

(殿下もそう思ってくださるなら)

少し躊躇ったあとで、おそるおそる口を開く。

「飛龍様」

「うん」

「飛龍様……」

「鳴鈴」

優しく名を呼ばれ、鳴鈴の目に涙が浮かんだ。

(やっと、本当の夫婦になれた……)

体が繋がっていようが離れていようが、そんなことは、本当はどうでもよかった。

ただ、鳴鈴はずっと、飛龍の気持ちがわからなくて不安だった。それが小さな塊となり、ずっと彼女の喉の奥につかえていた。

「俺の妃は世界一の泣き虫だ」

飛龍が笑い、彼女の額に口づけを落とす。彼はその涙が悲しみで浮かんでいるのではないことをわかっていた。

鳴鈴は力いっぱい、飛龍の肩に手を伸ばして抱きついた。恥ずかしさも、躊躇いも、少しの恐れも、飛龍の温かさが吹き飛ばしてくれる。

(このまま離れたくない)

やっと飛龍と繋がったときには、ぽろぽろと涙が零れていた。

(これが最後になりませんように)

必死に祈り、より強い力で飛龍にしがみつく。

飛龍もまた、鳴鈴をきつく抱きしめた。

拾《じゅう》　笛の音

翌朝の空は、薄く雲がかかっていた。

鳴鈴は翠蝶徳妃の計らいで、普段より華麗な衣装を身につけて城門前に現れた。髪は後頭部によじった輪をふたつ並べた百合髻《ゆりけい》に結い、絹花で飾っている。

緑礼や宇春、怪我がよくなってきた翠蝶徳妃と共に並んでいると、部隊の先頭にいる飛龍が手招きした。

「こっちへ来てくれ、鳴鈴」

呼ばれて、鳴鈴は躊躇しながらも一歩踏み出す。

門前広場から続く広い階段の上に、皇帝や皇后、皇太子、その妃たちもいた。見られていると思うと緊張する。

横顔を彩る金歩揺が、飛龍に近づくたび、ゆらゆらと揺れた。

「飛龍様……」

甲冑をつけた凛々しい夫を目の前にすると、また鳴鈴の目に涙が浮かんでくる。

皇帝の信頼を受けて出陣することは、喜ばしいことだ。泣いたりしてはいけない。

わかっているのに、飛龍と離れ離れになると思うと胸が張り裂けそうだった。

「こら、泣くな。せっかくの美人が台無しだ。すぐに帰ってくると言っているだろう」

「わかっています。でも、涙が勝手に出てくるの……」

くしゃりと顔を歪めた鳴鈴を、飛龍が抱き寄せる。彼は周りも気にせず、その額に優しく口づけた。

「案じるな。俺は必ず、お前の元に帰ってくる。お前のいる場所が、俺の帰る場所だ」

強く握る手の熱さを感じ、鳴鈴は必死にうなずいた。

（殿下はきっと、無事に帰ってくる。それまでは元気で、彼の帰る場所を守っておかなければ）

いつの間にか近くにいた李翔が、飛龍に声をかける。

「徐妃様は、必ず俺たちが無事に送り届けます。安心してください」

鳴鈴は帝城にいることよりも、星稜に帰ることを選んだ。主のいない星稜を放ったらかしにしておくことはできない。

未熟でも、鳴鈴は星稜王飛龍の妃だ。彼の代わりに星稜の地を治め、見守る義務がある。

「頼んだぞ、李翔。鄭妃、好きなときに好きなだけ星稜に滞在してくれ。鳴鈴も喜ぶ」

「ありがとうございます、殿下。そうさせていただきますわ」

笑顔を作った宇春に肩を抱かれ、鳴鈴はやっと飛龍から離れた。その頼りない手を、緑礼が横から握る。

「存外、お前には味方がたくさんいるようだ。心配はいらないな」

飛龍は鳴鈴たちを見て微笑んだ。

「星稜王殿下、そろそろお時間です」

後ろから兵士が近づいてきてそう囁いた。飛龍はうなずき、ひらりと愛馬に跨る。

「出陣せよ！」

部隊の背後から、皇帝の大音声が響き渡った。

鼓笛隊が太鼓を叩き、その音に合わせて飛龍たちが動き出す。

「お妃様、下がって」

駆け出してしまいそうな鳴鈴を、緑礼が止める。あわや、馬に踏みつぶされるところだった。緑礼に肩を抱かれて自由を失った彼女は、声の限り叫ぶ。

「飛龍様っ……！　どうか、どうかご無事で！」

飛龍の愛馬は颯爽《さっそう》と門をくぐっていき、すぐにあとに続いた他の馬たちに紛れて見えなくなってしまう。

彼らが外に出ると、無情に門は閉ざされてしまった。見送りに出ていた侍女や宦官たちが城内に帰っていく。心配そうに見つめる宇春や緑礼に申し訳ないと思っていても、鳴鈴はなかなか動けずにいた。

「みっともないこと。あれが名高き星稜王の正妃とはね。喜んで見送るべき出陣を涙で汚すとは」

意地悪な声を投げてきたのは、楊太子妃だ。鳴鈴は階段の方を振り返ったが、言い返さなかった。

（どう思われたって構わない。飛龍様が、近くに来いと言ってくれたんだもの）

鳴鈴は楊太子妃をじっと睨みつけた。

他人に意地悪をする者は、どこか満たされない心を持った者たちだ。本当に幸せな者は、他人をいたぶることに快感を覚えたりしない。

（かわいそうな人。小さな幸せを感じられないから、いつまでも何かを不満に思って人に意地悪をするんだわ）

鳴鈴は哀れみを込めて、太子妃をひたすら見つめた。太子妃は気味悪そうな顔をして目線を外すと、団扇で顔を扇ぎ、皇帝や皇后について城内に消えてしまった。

翌日。ひとりきりで残された鳴鈴は、早朝から、がらんとした広い部屋で荷造りをしていた。

飛龍の側近ふたりは一緒に出陣したので、鳴鈴は緑礼と、わずかな星稜の兵士たちと帰ることになっている。今日の午前中には出発する予定だ。

飛龍やその側近がいないのでは心細いだろうと、李翔が鳴鈴を王府まで送っていくことになっていた。

飛龍は任務を終えたら、一旦帝城に帰ってくる予定だ。そのときは当然連絡をもらうことになっている。

「さて、だいたいできたかしら」

星稜王府を出てくるときも急だったので、それほどたくさんの荷物はない。

「最後に、翠蝶徳妃様にお会いしておかなきゃね」

「主上へのご挨拶も忘れずに」

緑礼に言われ、鳴鈴はため息をついた。皇帝は最初から緊張して当然の相手だったが、今回のような強引なところを見てしまうと、ますます近寄りがたく感じてしまう。

いつもは飛龍がそばにいてくれた。しかし今は、鳴鈴ひとりだ。

（飛龍様にどれだけ助けられていたか、今頃になって痛感しても遅いわね）

妃を抱いてくれない、素っ気ない夫だと思っていたけど、よく考えてみれば飛龍は最初から鳴鈴を守り続けていた。

彼のことを思い出してしんみりしていると、緑礼が言った。

「それにしても、おめでとうございます」

「え？　何が？」

「ようやく……事を済まされたようで」

さっと頬に朱を注ぐ鳴鈴。

「どど、どうしてそれを」

「宮廷女官たちが噂していました」

女官たちは毎晩閨を整え、毎朝敷布の取り換えにやってくる。そのとき、独特の濃い空気に気づかれたのだろう。

「体は無事ですか」

「無事よ。全然、大丈夫。あ、そうだ、用事を思い出した。ちょっと出てくるわね」

鳴鈴はとても不自然に部屋を出ていき、当てもなく廊下をさまよう。

書物で見ただけの、ぼんやりとした印象しかなかった行為は、とてつもなく恥ずかしいものだった。恥ずかしさで失神しそうになったほどだ。

飛龍は初心《うぶ》な鳴鈴を優しく導いてくれた。初回の苦痛はもちろんあったが、それを忘れるくらい、彼の思いやりに幸せを感じた。

(でもやっぱり、恥ずかしい)

かつて花朝節の宴で、皇子の妃たちが自分たちの閨事を明け透けに話していたことを思い出す。鳴鈴にはとても、同じように話に参加することはできそうになかった。

頭を冷やそうと、広い帝城を探索するように歩き続ける。

ふと鳴鈴の頭に、友人の顔が浮かぶ。宇春にはいろいろと心配をかけてしまったし、一応報告した方がいいのかと、廊下で立ち止まって悩んでいると。

(そうだ、宇春……)

「あら?」

いつの間にか、宮殿の端っこに来ていたらしい。

飾りけのない、庭とも言えない空間に、ぽつんと蔵のような小さな建物があった。

(もしや、ここは)

鳴鈴の脳裏にふとひらめく。馬仁が尋問されていたというのは、この宮殿の近くにある建物ではなかったか。

帝城の敷地には三つの宮殿と、それに付随した建物群がある。一番大きく、政の中枢となっているのが大極宮で、その周りには政を行う館が四棟建てられている。

飛龍と鳴鈴が部屋を借りていたのはその西にある宮殿で、その片隅に牢獄兼拷問場がある、と飛龍が言っていた。

庶民の罪人を収容する牢獄は、城外にある。ここに入れられるのは、皇族を害するような重大な犯罪を行った者だけ。今は誰もいないという話だ。

ここで今まで、何人もの罪人が尋問や拷問を受けてきたと思うと、身の毛がよだつ。どんなひどいことをされていたか、想像もできなかった。

（馬仁は、どうして死ななくてはならなかったのかしら。毒を飲んだって、どうやって……）

鳴鈴は勇気を出し、廊下の端の階段から地上に下りた。近くで見る拷問場の壁の染みが、いっそう不気味な気持ちにさせる。

この中を調べれば、何かわかるかもしれない。なんの根拠もなくそう思った鳴鈴は、ふと入口を見た。

「どうして……」

彼女は思わず呟く。取りつけられている海老錠《えびじょう》の閂《かんぬき》が外れていたからだ。

今まさにこの中で警吏が調査をしているのかも、と思った鳴鈴は、慎重に耳をすませてみた。けれど、その中からは全く物音が聞こえてこなかった。

(単なる鍵のかけ忘れ?)

だとしたら、誰かに知らせなくてはならない。放っておいたら、馬仁が死んだ痕跡が踏み荒らされてしまうかも。

鳴鈴は決心し、扉をそっと両手のひらで押そうとしてみた。中に誰かいたら、すぐに退散する。いなければ、誰かに知らせる。少しの隙間から確認だけして去るつもりだった。しかし。

「母上、もうこんなことはおやめください」

不意に誰かの小さな声が聞こえ、鳴鈴は扉に耳をつけて息をひそめた。

「すべてはそなたのためなのじゃ」

中年の女性の声が答えた。

(この声、この話し方、どこかで……)

鳴鈴は首を傾げる。いったい、女性がこんなところでなんの話をしているのだろう。

「あの邪魔な星稜王を片づけなければ。そなたが無事に皇帝になるまでは……いや、即位したあとも、その地位を確実なものにするため、妾はなんでもするえ」

星稜王という単語が、鳴鈴の鼓膜を叩いた。片づけると言ったその意味を呑み込まないうちに、会話は続けられる。

「母上に任せていては、兄弟全員殺されかねない」

「そんなことはない。星稜王は特別なのじゃ。そなたは主上が最近なんとおっしゃっているか知っておるかえ？」

星稜王と聞くと、鳴鈴はたちまち我慢ができなくなる。

手で押しただけでは扉はなかなか開かない。体ごと扉に押しつけて、やっと隙間ができた。息を殺して中を覗くも、窓が閉めきられ、ほとんど日の光の差さない建物の中は夜のように暗い。

なんとかふたりの人影を視界に収める。声の通り、男と女のようだ。女の美しく結われた高髻と、華美な髪飾りが揺れるのがなんとなく見えた。高貴な身分の女性だろうか。

「陛下は星稜王に赤子が生まれたら、再度彼を立太子しようかとおっしゃっているのじゃ」

「なんですって」

男が息を呑む。同時に鳴鈴もごくりと喉を鳴らした。

（飛龍様を皇太子に、ですって？）

飛龍は一度廃位された身だ。そのあと十年、妃も娶らなかった。北の地で、野心を持たずに朴訥《ぼくとつ》とした毎日を送っていた。その飛龍がなぜ、立太子など。

鳴鈴の疑問に答えるように、女が口を開く。

「主上は星稜王に惚《ほ》れ込んでおるからのう。昔から彼を次の皇帝にし、その血を受けた者にさらに跡を継がせたがっておる」

「誰がそのようなことを」

「本人が自分の側近によく漏らしておるのじゃ。その側近が、妾に情報を流しておるのを知らずに」

最初は淡々としていた女の口調に、怒気が生まれる。吐き捨てるようにして言われた男は、一瞬口をつぐんだ。

(嘘でしょう……)

きりきりと胃が痛んでくるような気がして、鳴鈴は腹を押さえた。動悸《どうき》は激しく、汗が噴き出してきた。

(主上がそんなことを)

飛龍に戦の褒美として二十人の美女を贈るなどと言ったのも、今考えてみれば、早く飛龍に子を作ってほしかったからだ。

子を残せなければ、権力争いの第一線からは遠ざかることができる。だから飛龍は妃を娶らなかったし、愛人も作らなかった。鳴鈴を抱かなかったのには、そういった理由もあったのだ。

「そなたは万事、妾に任せておけ。もう少しで星稜王を亡き者にすることができる」

亡き者。その言葉が鳴鈴の心臓を締め上げた。

「萩が攻めてきたというのは大嘘。すべては星稜王を国外に引きずり出し、妾の息がかかった兵士たちに殺させるための罠じゃ。軍師すら妾に従っておるとは、主上も知るまい」

笑いが交じった高らかな声に、鳴鈴はやっと気づいた。

（この声、武皇后陛下だわ！）

飛龍についていく兵士を選定した軍師さえ、彼女に服従しているとは。五十人でたった三人の標的を襲って殺そうなどと、皇后がなぜ、そんな恐ろしいことを。

震える足で扉から離れる。しかし、遅かった。

「誰だ！」

隙間から差し込む光に気づかれたらしい。扉を大きく開けられ、鳴鈴はその場に転んで尻餅をついた。見上げた視線の先には、驚いた顔の浩然が立っていた。

「徐妃……」

浩然の後ろから、こつこつと靴音が聞こえてくる。鳴鈴ははじけたように立ち上がり、駆け出す。ここにいては殺される。

飛龍の子を宿す可能性がある鳴鈴も、皇后は殺害しようとしていたのだ。自分の子である浩然の位を守るために。

彼女なら、花朝節の宴のときに帝城内に刺客を招き入れることなど容易い。

馬仁とどこで出会ったかはわからないが、飛龍に恨みのある彼や盗賊の仲間を使い、次々に飛龍や鳴鈴、翠蝶徳妃までをも襲わせた。

おそらく毒入り菓子も、花朝節から帰るときに荷物に紛れ込ませたのだろう。そして、星稜に潜り込ませておいた誰かに、飛龍の元へ運ばせた。

今までの事件が鳴鈴の頭の中を駆け巡る。すべては、自分が飛龍に嫁いだときから始まった。

(早く、早くしないと——)

武皇后が言っていたことが本当なら、飛龍に危険が迫っている。皇后は飛龍につき従わせた兵士たちに、彼を暗殺するように命じたのだろう。

飛龍の側近ふたり以外は、みんな帝城の兵士だ。飛龍は無防備な状態で敵に囲まれていると言っていい。

何度も転びそうになりながら、鳴鈴は翠蝶徳妃の元へ飛び込んだ。後宮なら、皇后本人は来られても、男の追っ手は容易く入ってこられないだろうと思ったからだ。

「まあ、どうしたの、鳴鈴」

徳妃は、部屋の椅子に座ってお茶を飲んでいた。ただごとではない鳴鈴の様子に立ち上がる。

「徳妃様……飛龍様が、飛龍様が……！」

翠蝶徳妃の顔を見た途端、胸から不安が溢れ出した。鳴鈴は彼女が怪我をしていることも忘れて抱きついた。

「どうしたの。落ち着いて」

徳妃の声は優しかったが、鳴鈴がすぐ落ち着けるわけはなかった。彼女は震える体を押さえもせず、今あったことをすべて彼女に話した。

＊　＊　＊

武皇后は、扉を開けた浩然の元に歩み寄る。突然の日の光が眩しくて、外がよく見えなかった。

「誰かいたのかえ？」

尋ねると、浩然が振り向き、小さく首を横に振った。

「いいえ。ウサギが迷い込んでいただけです」

「ウサギ？　珍しいのう」

ウサギは少し山の奥に入ればよく遭遇する。しかし、帝城に迷い込むのは珍しい。後宮の誰かが愛玩用として飼っていたのか、食料として仕入れたものか、いずれにせよウサギなら問題はない。

「本当にウサギだったのじゃな？」

皇后は、浩然をじろりと睨みつける。彼は視線を合わせないまま、こくりとうなずいた。

何か隠しているのかもしれない。皇后はそう直感した。

（まあいい。ここで妾に逆らえる者は、皇帝以外にいない）

誰かに今の話を聞かれていたとしても問題はない。早く星稜王を亡き者にし、そののちに皇帝を暗殺する。そうすれば、皇位に就くのは自分の息子しかいない。

皇帝に愛情などない。彼は正妃である自分より、秦貴妃や、飛龍の実母を先に愛し、その子供たちを可愛がった。

　彼女らが後宮からいなくなったと思えば、皇帝は子を成すことができなかった翠蝶徳妃を寵愛し、飛龍を彼女に託した。

（浩然が立太子されるまで、妾がどれほど後宮で肩身の狭い思いをしたか）

　皇后は唇を噛んだ。彼女の頭の中には、もう自分の息子を皇位に就かせることしかない。

「これから、どうするおつもりですか」

「徐妃を捕らえる。彼女はもし星稜王が生き延びてしまったときに、脅す材料になるでのう」

　質問に答える皇后の目が冷たく光った。

　五十の兵士を飛龍たったひとりで、側近を合わせれば三人で倒せるとは思っていない。ただ、もしかしたら運よく逃げて生き延びる可能性も皆無ではない。

　その場合は、事の顛末《てんまつ》が皇帝に知られるより早く、次の手を打たなければならない。鳴鈴は飛龍を脅す材料になるはず。最終的にはふたり仲よくあの世に送ることになる。

「けれど、帝城内でこれ以上騒ぎを起こすわけにはいかぬ。馬仁を始末してしまったでのう」

馬仁を利用し、そして本当のことをしゃべらないうちに殺したのが武皇后だということを、浩然は既に知っている。

彼が皇帝の前に引き出されたとき。『皇后陛下』と叫ぶ馬仁にヒヤヒヤしたものだ。

「徐妃が帝都の門を出てから、賊の仕業に見せかけて襲わせるのじゃ。馬仁の仲間にな。さあ、もう行くがよい。あとは妾に任せよ」

浩然は何かを言いかけたが、結局口を閉じた。ぺこりと頭を下げ、その場から走り去っていく。その背中を見送り、皇后は建物から出て鍵を閉めた。

「焦ることはない」

皇后はゆっくりと後宮の自室に戻ると、鳴鈴と飛龍が結婚する以前から彼女と結託している宦官を呼び、鳴鈴を捕らえるように命じた。

この宦官は私服を肥やすため人身売買に関与しており、馬仁を最初に雇った張本人である。鳴鈴が馬仁と最初に出会ったときに持っていた剣や胡服は、彼が援助して与えたものと、盗品が交じっていた。

鳴鈴を逃がした馬仁が、飛龍に個人的な恨みを持っていると知った宦官は、皇后に彼を売り渡したのだ。

（もう少し。もう少しで、悲願は果たされる……）

誰もいなくなった部屋で極上の葡萄酒を呷《あお》り、皇后はくつくつと声を殺して笑った。

手の中で揺れる葡萄酒に、不吉な波紋が広がっていた。

＊＊＊

もうすぐ昼になろうという頃。皇后の手下たちは、鳴鈴が翠蝶徳妃と皇帝に挨拶を済ませ、星稜王府に向かう馬車に乗り込んだことを確認した。

知らせを受けた馬仁の仲間の盗賊たちは、彼が死んだのは星稜王の策略によるものと吹き込まれていた。

盗賊たちは、門を出た星稜王府の馬車が来るのを、竹藪の中でじっと待つ。

がらがらとうるさい車輪の音が近づいてきた。彼らは一斉に藪の中から弓を射る。

矢は馬車のあちこちや馬の体に命中した。

悲痛な嘶きと、混乱した人々の声が、人気のない山道にこだまする。星稜王府の歩みが完全に止まった。それを見計らい、合計三十人ほどの盗賊が馬車の前に躍り出た。

「徐鳴鈴の身柄を渡せ。そうすれば、これ以上の危害は加えん。怪しい動きをすれば、徐鳴鈴の体を傷つけるぞ」

剣を抜いた盗賊に囲まれ、兵士たちも両手を上げた。主のいない間に妃を傷つけられるわけにはいかない。

彼らが歯噛みしているのを横目で見ながら、盗賊は馬車の中から妃の腕を掴んで引きずり出そうとした。しかし。

「わあっ」

のけぞった盗賊が腕を押さえて唸る。その指の間からは鮮血が滴っていた。

唖然《あぜん》とする盗賊たちの前に、馬車からひらりと、ひとりの女性が降り立つ。

「え？　あれ？」

彼らは自分の目を疑った。星稜王の妃は零れるくらいの大きな瞳をした、小柄な少女だと聞いていたからだ。

しかし今、彼らの前に降り立ったのは、切れ長の目に高い鼻を持つ美しい長身の女性だった。まるで天女のような彼女は、その細い腕に不似合いな太刀《たち》を片手に持っている。

太刀は血で濡れていた。彼女が盗賊の無礼な手を斬りつけたのだ。

「替え玉か！」

斬りつけられた盗賊が唸った。王府の人間たちは、その美女が鳴鈴の侍従・緑礼だということを知っている。だがそれを盗賊に教える義理はなかった。

「さあ皆さん、もう遠慮はいりません。思う存分暴れるのです」

緑礼は不敵に笑い、重い髪飾りを次々に外して、盗賊目がけて投げつける。

「緑礼殿に続け！」

王府の兵士たちが演技をやめて剣を抜き、呆気に取られて油断していた盗賊に反撃を開始する。人数は互角だが、鳴鈴を捕獲して監禁せよという命令を受けていた盗賊たちは一気に混乱した。

「本物はどこだ!?」

叫びながら振り下ろしてきた刃を太刀で受け、緑礼はそれをはじき返す。

「言うわけないだろう！」

目的を見失い、混乱する盗賊たちに、焦りの色が見え始めた。

「私は今度こそ、お妃様のお役に立つ」

いつも鳴鈴の危機を救うのは飛龍だった。

侍従として肝心なときに役に立てなかった緑礼は、ここで力尽きても彼らを止めると決心していた。

「い、行くぞ！　徐鳴鈴を探すのだ」

ひとまず撤退しようとする盗賊を、緑礼が逃がすわけはない。

「お前たちの相手は私たちだ！」

「星稜王殿下と徐妃様のために！」

「おうっ」

声を合わせた星稜王府の兵士たちは、剣を持ち直して盗賊たちに向かった。

＊　＊　＊

一方、鳴鈴は皇帝に挨拶をしたあと、すぐに星稜王府の馬車が出た北門ではなく、李翔と共に西門から帝都を出発していた。

鳴鈴の話を聞いた翠蝶徳妃が、極秘で後宮に李翔夫妻を招き、協力を要請した。そのとき、李翔は自分ひとりで出かける気満々だった。

『よし、俺が次兄を連れ戻してくる。徐妃様は宇春とここで待っていてください』

どんと胸を叩いた李翔の言葉に、鳴鈴は首を横に振った。

『いいえ、私も一緒に行きます。お願いします』

深く頭を下げる鳴鈴の横で、翠蝶徳妃が優しく口添えする。

『魁斗王殿下、どうか鳴鈴を連れていってやってください。どこにいても危ないなら、一番飛龍の近くに行けるあなたのそばにいるべきです』

『うう……でもなあ……』

李翔は困った顔で頭をぽりぽりと掻いた。明らかに足手まといな鳴鈴を連れていくことに躊躇するのは当たり前だ。

『李翔様、私からもお願いします。星稜王殿下は鳴鈴の愛の力がなければ、きっと救えない。そんな気がします』

見かねて宇春が口出ししてきた。

『愛の力って……宇春、本気で言っているの？』

『本気です。さあ、早く行ってください。馬を飛ばせば、まだ清張城で合流できるかもしれない。星稜王殿下の命を狙うなら、崔の領地外だと考えるべきでしょうから』

つまり、飛龍を襲った下手人を萩軍と思わせるためには、一旦崔の外に出る必要があるということだ。

清張城まではおそらく、飛龍は無事にたどり着くだろう。一日早く出発した飛龍に追いつける可能性は低いが、彼がまだ城に滞在しているかもしれないという一縷《いちる》の望みにかけ、鳴鈴たちは出発したのだ。

いつも着ている襦裙はひらひらしていて動きにくいため、緑礼と交換した、袖の紋られた男物の胡服を着て、重い武器の代わりに横笛を背負った。

皇帝にすべてを話している時間も、皇后が一連の事件の黒幕だという証拠もない。ただ、今は飛龍を救うことが最優先事項だった。

清張城に向かい、最速で馬を飛ばす李翔。後ろには彼の側近ら、四人の兵士がついてきていた。

「ごめんなさい。巻き込んでしまって」

鳴鈴は姿を隠すための外套を頭の上から被っていた。少し話すだけで、舌を噛んでしまいそうだ。

(私のわがままで、みんなを危険にさらしてしまっている)

緑礼は自ら、敵の目をくらませるために替え玉となることを提案してくれた。彼女は無事でいるだろうか。

「巻き込まれたとは思っていませんよ。俺たちはみんな次兄や徐妃様が好きだから、自分自身の意志で手を出しているだけです」

「魁斗王殿下……ありがとうございます」

熱い風が頬を叩く。馬での長旅は、なんの訓練もされていない鳴鈴の体力を徐々に奪っていった。

（早く追いつかないと）

　鳴鈴は、油断するとぽろりと出てきそうになる弱音を噛みつぶした。

　水辺を見つけては休憩し、通常三日かかる清張城までの道のりを、鳴鈴と李翔は二日でたどり着いた。

しかし、城の門を叩き、中に招き入れられた彼らに告げられたのは、遠慮のない悲劇的な事実だった。

「次兄なら、早朝に出陣されましたよ」

　清張城の主である第四皇子・鍾平王は、いつ攻めてくるともわからぬ萩軍を迎え撃つ準備で忙しそうにしている。『本当はそんな敵は来ない』と言ったところで信憑性は薄い。話をする時間が惜しいので、李翔は適当に言う。

「俺は次兄に、主上のお言葉を至急伝えるために来た。ついては、探索のために少し兵を貸してほしい」

「どのようなお言葉でしょうか？　そしてなぜ、お妃様までいらっしゃるのです？」

「ごたごた言っていないで、二百人ほどよこせ！　俺はお前の兄だぞ！」

短気な李翔は、理屈屋の鍾平王に腹を立てて怒鳴る。

結局、城の警備を一気に減らすことはできず、とりあえず二十人を借りられることになった。

「いいか、とにかく早く次兄の隊を見つけること。見つけたら次兄に、俺と徐妃様が探しているから清張城に戻れと伝えろ。主上のお言葉を早く伝えねばならない。急いでくれ」

皇帝の名を出すと、兵士たちはきびきびと動き出した。飛龍が通ると思われる、鬱《うっ》蒼《そう》と茂った森の中の道を行く。

(飛龍様、どうかご無事で)

鳴鈴は祈るように空を見上げた。

彼女の上空には、既に西に傾きかけた太陽があった。

＊　＊　＊

堂々と萩国に入るには、関所を通らなければならない。けれど、皇帝の使いで来たわけではない飛龍は、もちろん関所は避ける。険しく切り立った崖のある山から萩の領地に入ることにした。

国境の見張りも少ないだろうと思われる、道ならぬ道を行く。当然、足元は草と木の根と石だらけだ。

側近たちが、帝城から来た兵士たちに対してはぐれないように励ましつつ、慎重に進む。

いつ萩軍と鉢合わせるかもわからない緊張を感じていた飛龍に、不意に後ろから声が投げかけられる。

「殿下、危ない！」

側近の声だ。反射的に振り向いた飛龍の鼻先を、何かがヒュッと空を切り裂いて流れていった。

「殿下！」

側近たちが、振り向いた飛龍の前に出る。彼らと向かい合った兵士たちが、次々に弓を構える。

「どういうことだ。お前たち、乱心でもしたか」

これほどの人数が一度に乱心することはないだろう。飛龍はどこか冷静に、その光景を眺めていた。

「俺が死んで得する人間に、金で雇われたか」

皮肉な笑みを浮かべた。皇室に生まれた以上、身内争いはいつまでもつきまとうらしい。

「おそらく皇太子か、皇后か……その辺りだろう」

帝城の兵に、これほど容易く言うことを聞かせられるのは、皇帝以外ではそれくらいしか思い浮かばない。

「俺を敵に回すか。それとも、真実を話すか」

兵士たちは答えず、弦を引き絞る。その矢が放たれる瞬間、飛龍と側近は馬を駆けさせた。

「愚か者ども！」

細い道に密集した兵士たちが、一斉に矢を放つことはできない。第一陣を避けた飛龍たちは馬を反転させ、今度は逆に兵士たちの群れに突っ込んでいく。

剣を抜いた三人は、接近戦では全く役に立たない弓を次々に払い落とした。

「どうします、殿下」

「決まっている。清張城に戻ろう」

罠にはめられたのだと、飛龍は気づいた。萩軍が清張城に侵攻してきそうだという情報自体、嘘だろう。

（そこまで俺が憎いか。主上を欺き、五十という大人数でたった三人を確実に始末する。事が成就した暁には、それをすべて萩軍の仕業にするつもりだな）

弓を捨てた兵士たちが剣を抜く。そこからは多勢に無勢の大乱闘となった。

木の幹や根に邪魔され、満足に身動きが取れない中での戦闘は、飛龍を大いに苛立たせた。

「殿下、ここは私たちに任せて逃げてください！」

それぞれ飛龍より十五歳ほど上の、がっしりした体格の側近たちが、兵士の剣を受けながら叫ぶ。飛龍は一瞬迷った。

（俺がここにいない方がいいかもしれない）

飛龍を殺そうと、兵士たちは躍起になって襲いかかってくる。彼が一度この場を離れて逃げれば、もともと統率の取れていない兵士たちはちりぢりになるだろう。

「しかし、お前たちを置いては……」

星稜に王として封ぜられる前から一緒にいた側近たちだ。ふたりともかなりの手練れだが、自由に動けないこの地で五十人を相手にするには無理がある。共に戦うべきか否か。迷った瞬間、熱が飛龍の左肩を貫いた。

「殿下っ！」

熱の塊だと思ったものは、木の陰から放たれた弓矢だった。その矢じりは胴当てと護肩の間に当たり、砕けた甲冑の欠片が彼の血液と共に飛散した。

撃たれた衝撃で馬から落ちそうになるが、なんとか耐えた飛龍の馬の腹を、側近が足で蹴る。

「早くお逃げください！　のちほど必ずや合流いたしましょう！」

飛龍の愛馬が嘶き、方向を変えて駆け出した。飛龍は側近たちの姿を見る暇もなく、片手で手綱を取ってその場から遠ざかる。

（くそっ。この俺が、三流兵士に傷を負わされるとは）

清張城への道を戻る飛龍の後ろから、追っ手が近づいてくる。やはりふたりの側近だけで全員は押さえきれないようだ。

飛龍は右手で剣を構え、追ってきた五人の兵士と向き合った。沈黙は一瞬で、彼らは次々に飛龍に襲いかかる。

彼は通りすがりざまに、振り上げられたひとりの腕を斬り落とす。その勢いのまま上半身を回転させると、後ろから斬りかかろうとした者の喉に剣が刺さった。首の骨に引っかかって取れなくなったそれを捨て、背負っていた戟を構えた。

「まさか」

鳴鈴の身の丈ほどもある戟を片手で構えた飛龍に、兵士たちは慄く。

ひとつに縛った長い髪を風になびかせるその姿は、闘神阿修羅《あしゅら》と見紛うほどの殺気に満ちていた。

「悪いが、俺はこんなところで死ぬわけにはいかないんだ」

傷を負っていても、敵を恐れる様子のない飛龍に、兵士たちはごくりと唾を飲み込んだ。

先手を打ったのはひとりの兵士だった。飛龍との睨み合いの緊張感に耐えられなくなった彼は、その切っ先を飛龍に向けた時点で、戟で腹を突かれていた。

残るふたりは、飛龍の前と後ろから挟み撃ちしてくる。後ろから斬りつけてきた兵士を戟の柄で突き、落馬させた飛龍は、前の敵に向かってそれを押し出した。

胸に戟を受け、甲冑を砕かれた兵士は、両手で剣を構えたまま絶命して馬の首に倒れ込んだ。

敵がいなくなると、飛龍は重い戟を捨てた。馬から降り、倒れた敵から剣を奪う。

そのとき、肩の傷がずきりと痛んだ。思わず手で押さえると、赤黒い血がべったりと衣服を濡らしていることに気づく。

(帰らなければ……鳴鈴が心配する)

左手の指先から、ぽたりぽたりと血が滴り落ち、足元の腐葉土に吸い込まれていく。飛龍の脳裏に浮かぶのは、愛おしい妃の不安げな瞳だった。

痛みをこらえ、愛馬に跨ろうとすると、その胴や足に刺さった矢の数に驚いた。

「痛かっただろう。よくここまで走ってくれた」

愛馬の顔をさすってやると、彼は目を伏せ、飛龍にすり寄った。飛龍は手綱を持ち、山の中を馬と一緒にゆっくりと歩き始める。

側近たちの安否も気になるが、飛龍が戻れば彼らの気持ちを無駄にしてしまうことになる。後ろ髪を引かれるような思いを断ち切り、飛龍は前を向いて歩く。そのときだった。

後ろから不意に、馬の蹄の音が近づいてきた。また追っ手かと思い振り向くと、そこには主を失った馬だけがいた。

どこに向かっているのか、混乱しているような馬は右へ左へとよろよろしながらも、速度を上げて近づいてくる。

(乱心しているのか)

馬から距離を置こうと、飛龍は後ずさる。何歩か後退すると、不意に草むらに足を取られた。

がくんと飛龍の体が傾いた。片足が、宙を蹴っていた。

彼の背後には水音が。近くに川が流れているのには気づいていたが、まさか崖があるとは。

咄嗟に手を伸ばす。崖の端から出ている木の根を掴んだ。しかし、体の重みで手が滑る。落下を食い止めることはできなかった。

甲冑が崖の斜面をこすり、砂ぼこりを立てる。ごろごろと転がり落ちた飛龍はやがて、どすん、と地上に叩きつけられた。

痛みが彼の全身を襲う。遠くなっていく意識の中で、微かな水音と愛おしい妃の声が聞こえたような気がした。

「めい、り……」

乾いた唇から、最愛の妃の名が零れ落ちた。

（お前のところに戻ると約束した。ここで死ぬわけにはいかない）

しかし飛龍の体は、ぴくりとも動かない。

彼の意識はそのまま、遠く連れ去られてしまった。

＊＊＊

鍾平王の情報に基づき、飛龍隊が通ったと思われる山中に入った鳴鈴たちは、馬に踏まれた跡のある道なき道をたどっていく。

「なかなか厳しいな」

早く前に進もうと思っても、整備されていないけもの道に蹄を取られてしまう。それでもできるだけ急いで進んでいると、先頭の李翔の馬が足を止めてしまった。後ろに乗った鳴鈴は焦る。

「どうしたんでしょうか。お腹でも空いたのかしら？」

「疲れたのかな」

李翔が馬から降り、その大きな頬を撫でる。鳴鈴が裏から覗き込むと、馬は優しい目に、怯えの色を映しているように見えた。

「……ん」

不意に李翔が顔を上げ、辺りを見回すような仕草を見せた。ふんふんと鼻を鳴らした彼が、眉をひそめる。

「血のにおいがする」

ぼそりと呟いた言葉に、鳴鈴は戦慄した。

「急ぎましょう」

李翔が跨ると、なだめられた馬はなんとかゆっくりと前に進み出した。するとほどなく、信じられない光景に出会った。

「これは……！」

李翔と鳴鈴は思わず口元を押さえた。草むらの中に、五人の遺体がばらばらに転がっていた。

「帝城の兵だ」

遺体が着ている甲冑は、帝城の兵士が着ているものに間違いない。では、この兵士たちを殺したのは……。

「あっ！」

鳴鈴は馬から降り、ある遺体のそばに駆け寄る。彼女が草むらからどうにか持ち上げたそれは、飛龍の戟だった。古斑の戦いのあとで皇帝に下賜されたものだ。

「魁斗王殿下」

李翔も見覚えがあるらしい。鳴鈴から戟を奪い取るようにした彼は、睨むようにそれを見つめる。

「次兄がこの近くにいるはずだ。探せ！」

状況を知らない兵士たちは首を傾げた。しかし李翔に「早く！」と怒鳴られた彼らは、戸惑いながらもそれぞれ飛龍を探し始めた。

「俺たちも行きましょう」

馬を引いた李翔に言われ、鳴鈴も歩き出した。彼女の胸に暗雲が立ち込める。兵士の遺体があるということは、萩軍に襲われたか、飛龍と交戦したかのどちらかだろう。

（お願い、無事でいて）

祈るように、深い森の中に入っていく。

「次兄ーっ！　どこだ、次兄ーっ！」

李翔が叫ぶが、返事はない。そのとき、不安でいっぱいの鳴鈴の耳に、微かに獣の唸り声のようなものが聞こえた。

鳴鈴が振り向くと、李翔が走り出す。彼にも聞こえたのだ。身の丈ほどもある草を掻き分けていくと、突然李翔が立ち止まった。

「徐妃様、来ちゃいけません！」

そう言われても、急に止まれるわけはない。勢い余って両手を広げた李翔の胸に飛び込んだ。その肩越しに見えたものに、彼女は息を呑んだ。

さっきと同じ、帝城の兵士の甲冑を着た遺体が、ごろごろとそこら中に転がっている。馬は逃げてしまったのか、一頭も見当たらない。

風に煽《あお》られた血のにおいが鼻を突く。鳴鈴はまぶたをぎゅっと閉じ、李翔にすがりついた。

「誰も生きていないか」

李翔が声をかける。すると、がさりと何かが動く音がした。

「ああ……そこにおられるのは、もしや徐妃様では……」

名前を呼ばれ、ハッと顔を上げた鳴鈴。おそるおそる声の主を探すと、ある木の幹にもたれるようにしている、血みどろになった飛龍の側近の姿を見つけた。

「そうよ、私よ」

李翔から離れ、側近に駆け寄る。勇猛だった彼は微かに呼吸し、左目で鳴鈴を見た。右目は額から流れた血で蓋がされている。

「星稜王殿下に会いませんでしたか……。殿下は、城に戻ったはずですが……」

「いいえ、会わなかったわ。代わりに戟が落ちていただけ」

そう言うと側近は、残念そうに眉を下げた。

「なんと……」

「萩軍と衝突したの？　それとも……」

尋ねる鳴鈴に、側近は短く答えた。

「裏切りに遭いました」

やはり、この兵士たちが清張城を出た途端、早々と飛龍を襲ったのだ。悟った鳴鈴の胸に、怒りと恐怖が同時に襲いかかってくる。

「それで、お前たちで抗戦したわけか。よく生き延びた」

飛龍とふたりの側近で築いた屍《しかばね》の山を見て、李翔が唸った。

「ただの死に損ないです。相方を失いました」

星稜王府の双璧と呼ばれた側近のうちのひとりは、隣の木の下で息耐えていた。あまりにも静かに眠っている。

「ひどい……」

鳴鈴は王府の人間が死んだことを悼む。そして、これほど多くの命を弄ぶ武皇后に怒りを覚えた。

「誰か来てくれ！」

李翔が呼子《よびこ》を吹き鳴らす。兵士を招集するための小型の笛だ。耳障りな高い音が森に響く。すると、すぐに清張城の兵士が集まってきた。

「彼を運んでくれ。丁重にな」

李翔の命令通り、兵士たちは傷ついた側近の体を運ぶため、馬に横にして乗せる。

「徐妃様、徐妃様……」

馬の背中に固定された側近が鳴鈴に手を伸ばす。彼女はそのごつごつした手を、血で汚れるのも構わずに握った。

「必ずや、星稜王殿下を見つけてください……よろしくお願いします。殿下は、肩に弓を受け……」

彼の目からは涙が流れていた。鳴鈴の胸がいっぱいになり、喉の奥がつかえたように苦しくなる。

「ええ。必ず見つけるわ。だからあなたもこれ以上何も考えず、養生してちょうだい」

側近は涙を流してうなずく。運ばれていく彼を見送ったあと、李翔が腕を組んで考え込んだ。

「ここで兵士たちが一斉に弓を引き、次兄たちを襲った。次兄は側近に庇われ、先に城へ戻ろうとした」

だとすると、先に出会った遺体は、城に帰ろうとした飛龍を襲って返り討ちにされた者と推定される。

「飛龍様は、どこに……」

「さっきの場所に戻ってみましょう」

あの近くに、傷を負った飛龍が倒れているかもしれない。鳴鈴たちは急いで元の場所に戻り、深い草を分けて辺りを探す。

「飛龍様、どこです？」

名前を呼んでも返事はない。ふたりの声が掠れてきた頃、李翔が再び呼子を取り出した。

「次兄、応えてくれ」

李翔が思いきりそれを吹き鳴らす。しかし、いくら待っても飛龍の呼子の音らしきものは返ってこない。

「くそ！　どこへ行っちまったんだ！」

足元がよく見えなくなってきて、鳴鈴は目をこすった。見上げると、日が傾いて空が橙色に染まっていた。このままでは夜になってしまう。早く見つけなければ。

（どうしよう。何かいい手は……）

胸に手を当てて考える鳴鈴の脳裏に、ふと宇春の顔が浮かんだ。

『星稜王殿下は鳴鈴の愛の力がなければ、きっと救えない。そんな気がします』

そんなことがあるんだろうか。首を横に振った鳴鈴は、背中に当たる硬いものに思い当たる。胸の前で縛られた紐《ひも》をほどき、背中に括《くく》っておいた横笛を持った。

(飛龍様は、この笛の音をお気に召してくれていた)

他に何も誇れることのない鳴鈴だが、笛の腕前だけは少し自信があった。

呼子とは違い、高音が出るわけではない。けれど鳴鈴は吹き口に唇を当てた。きっと、飛龍に届くと信じて。

瞳を閉じ、ただ飛龍を想って息を吹き込む。幼い頃から幾度となく練習してきた曲に誘われ、飛龍との思い出が鳴鈴のまぶたの裏によみがえった。

始まりは鳴鈴のひと目惚れだった。たった一瞬で、危機から救ってくれた飛龍に恋をした。

優しい人だろうと思っていたのに、再会しても、にこりともしてくれなかった。花嫁姿に何も言ってくれず、初夜に拒否されたときは彼の背中を濡らして泣いた。

(飛龍様、飛龍様……)

笛の音色が、鳴鈴の想いと共に風に乗る。

(また冬になったら雪遊びをしましょう。風邪をひいたら、薬を飲ませてくださる?

そうそう。来年の花朝節こそ、楽しい思い出にしなくちゃ。もう池には近寄らない。

食い意地も張らないように気をつけます）

飛龍と結婚してから、鳴鈴の日常は災難続きだった。けれど、後悔は髪のひと筋ほどもない。

（つらいこともたくさんあった。けれど、あなたが私を愛してくれた。私には過去の傷を癒すことはできないかもしれない。でも、これからの人生は、ふたりで寄り添って生きていきたい）

だから、こんなところで諦めるわけにはいかない。鳴鈴は笛に息を吹き込み続ける。

（お願い、届いて！）

鳴鈴の頬を、涙が伝っていく。李翔はその姿を黙って見ていた。すると。

「ちょっと待ってください」

一心不乱に笛を吹いていた鳴鈴を、李翔が止めた。首を傾げる彼が、ある一点を見ている。

「水音……いや、それだけじゃない」

李翔は呼子を吹き鳴らした。すると、微かに細く高い音が返ってきた。

「応えた！」

音のした方に駆けていく李翔。鳴鈴はそのあとを追う。

「おっとっと！」

いきなり視界が開けたと思ったら、前にいる李翔の腕に止められる。足元に違和感を覚えて見てみると、つま先の辺りから地面が切れてなくなっていた。

「崖だ」

鳴鈴は思わずその場に座り込んだ。見下ろすと、崖の下は河原になっていた。静かに流れる川の音が聞こえる。

「飛龍様！」

鳴鈴が叫ぶと、微かな呼子の音が崖の下から聞こえてきた。

「きっと飛龍様よ。生きているわ」

喜ぶ鳴鈴に、李翔も破顔してうなずいた。彼の馬に括りつけていた縄を、手近で丈夫そうな木に結ぶ。呼子の音に反応し、清張城の兵士も集まってきていた。

「まず誰か様子を見に行って……」

「はいっ」

もちろん縄を使って崖を下りた経験などない鳴鈴が、一番に手を上げた。

「徐妃様、それはいくらなんでも」

「やめてくださいよ。あなたに怪我をさせたら、俺が次兄に殺されてしまいます」

兵士や李翔に止められるが、鳴鈴はさっさと自分の腰に縄を巻き、端にいた兵士にそれを持つように促していた。

「ああ、もう！　徐妃様は次兄が好きすぎますよ！」

止めることを諦めた李翔は、せめてもと、鳴鈴の腰の縄を結び直した。革の手袋を貸してもらい、鳴鈴はゆっくりと崖を下りる。途中で何度も足を踏み外したが、兵士たちのおかげで、なんとか崖の下に着くことができた。

「飛龍様！」

果たして、飛龍は鳴鈴の着地点のすぐそばに横たわっていた。肩には折れた矢が突き刺さっている。まぶたは固く閉じられ、美しい顔に泥や血がこびりついていた。痛々しい姿に息を呑む。

しかし、呼子を吹けたのだから生きているはずだ。鳴鈴はすぐさま、彼の元に駆け寄った。

「飛龍様、私です。鳴鈴です」

彼の頬を叩くと、閉じられていたまぶたが微かに動いた。ゆっくりと目が開き、瞳を縁取る長いまつ毛が、彼の頬に影を作る。

「やっと見つけました」

まばたきする飛龍の頬に、鳴鈴の大きな目から零れた涙が落ちる。

「鳴鈴……本物か?」

乾いた唇から、掠れた声が聞こえた。鳴鈴は必死で首を縦に振る。

「今度は男装か……意外に可愛いな」

弱々しく差し出された飛龍の手を握り、濡れた頬に当てる。手のひらの温かさを感じ、余計に涙が溢れた。

「笛の音が……聞こえた」

わずかに開いた瞳が微笑む。

「お前はいつも、俺を助けてくれる……」

「何をおっしゃっているのです。私こそ、飛龍様に助けてもらってばかりで」

「そんなことはない。俺はいつも、お前の存在に……救われて、いる。お前が笑ってくれるから、俺は……」

息が苦しいのか、途切れ途切れになる声が不意に心配になる。

「もう話さないで。帰りましょう、飛龍様」

髪を撫でると、飛龍はうなずいてまぶたを閉じた。目を開けていることすらままならないくらい、消耗しているようだ。

よく呼子を吹けたものだと、鳴鈴は感心してしまう。脱力した彼の手のひらから、小さな呼子が、ころりと転がった。

「鳴鈴……」

「はい、飛龍様」

「そこにいるか」

「はい」

「もう離れるな」

それきり、飛龍は口を閉じた。一瞬ヒヤリとした鳴鈴だが、耳を当てると口はちゃんと息をしているし、心臓も動いているのがわかる。

「私はくっついていたいのに、あなたが離れていってしまうのよ。いつも、いつも」

鳴鈴は溢れる涙を拭いもせず、愛おしい夫の胸に寄り添った。

「でもこれからは、そばにいていいのですね」

いつもより弱々しくても、飛龍の胸は確実に鼓動を打ち続けている。

やっと心から安堵した鳴鈴は、胸に溜まっていた不安をすべて吐き出すように、声を上げて泣いた。

夕空に輝く一番星が、静かにふたりを見守っていた。

拾壱《じゅういち》　温かな腕の中で

飛龍と鳴鈴が共に帝城に戻ったのは、七日後のことだった。

もちろんまだ飛龍の傷は癒えきっていない。星稜王府のことを心配する彼と側近は、すぐに出発すると言って聞かず、なんとか動けるようになるまで李翔と鳴鈴が必死で止めていたのだ。

なんの連絡もせず、どこで調達したかもわからない粗末な馬車で帰ってきた一行に、門前広場に出てきた皇帝は目を剥いた。

「いったいどういうことだ、飛龍」

「連絡をすれば、帰り道に待ち伏せされると思ったもので」

階段の上の皇帝に向かい、膝をつく一行。皇帝の後ろには武皇后が控えていた。ちらりと盗み見た彼女の顔は、真っ白だった。表情をなくし、呆然《ぼうぜん》と突っ立っているように見える。

「結果から申しますと、萩がこの国に侵攻しようとしているというのは、誤報でございました」

これは間違いない。李翔が、飛龍たちが動けるようになるまでに手を尽くして調査した結果だった。

「そうか。ではその傷はいかようにして、誰に負わされた」

皇帝は飛龍の襟から覗く包帯に気づいて尋ねた。

「ここから共についてきた兵士たちです」

「なんだと？」

「何者かが私を陥れたのです。兵士たちがひとりも戻らないのが、その証拠。私たちは生き延びるため、彼らを手にかけました。お許しいただきたい」

飛龍の報告を受けた皇帝の目に、怒りの炎が灯った。

「いったい誰だ！　朕の兵を使い、おぬしを亡き者にしようとした者は！」

彼の怒号に、宮殿ごと震え上がる。鳴鈴もその声のあまりの恐ろしさに、深く首を垂れた。

「それは、陛下の一番近くにいらっしゃる女性です」

たったひとり、淡々と答えた飛龍の言葉に従い、皇帝がゆっくりと後ろを振り向く。

そこには表情をなくしたままの武皇后が立ちすくんでいた。

「まさか、おぬしが……」

今にも相手を殴り倒しそうな顔をしている皇帝に、武皇后は静かに口を開く。

「なんの証拠があるのじゃ？　星稜王殿下、また皇太子の地位が欲しくなったからといって、妙な言いがかりをつけないでくりゃれ」

扇で口元を隠して、いけしゃあしゃあとしゃべる様子に、鳴鈴は怒りを覚えずにはいられない。どうすれば、あれほど堂々としらを切れるのか。

「生きる証拠なら、ここに」

飛龍たち一行の後ろから声がした。鳴鈴が振り向くと、そこにはいつもの男装をした緑礼と、星稜王府の人々が。彼らは縄を持ち、後ろにいた者どもを皇帝の前に突き出す。それは縛られた盗賊たちだった。

「馬仁の仲間の盗賊です。星稜王殿下を襲ったことのある彼らは、皇后陛下と結託している宦官殿から下賜されたものを大量に持っています。武器、衣服、馬、食料……すべて皇后陛下に援助を受けたと自白しました。これらから当たっていけば、皇后陛下にたどり着くでしょう」

緑礼は飛龍に封書を差し出す。その中には、皇后が宦官に書かせたと思われる密書が。もちろん、飛龍や鳴鈴の暗殺を要求している内容だ。飛龍の手から、それは皇帝に差し出された。

「何を言うのじゃ！　陛下、騙《だま》されてはいけませぬ。ひどい中傷じゃ」

武皇后は袖で顔を覆って泣き出した。

「何がなんだかわからん。もっと確たる証拠はないのか。無実の罪で皇后を侮辱したとあれば、おぬしとてただではすまんぞ」

雷が落ちるような皇帝の怒号に、広場が静まり返る。そこに、ひとりの男が現れた。

「もうやめましょう、母上」

声の主は浩然だった。憔悴《しょうすい》しきった様子の彼は、皇帝の後ろから飛龍たちの前に現れ、母親を庇うように立った。

「陛下、すべては私のふがいなさのせいです。母上は私の地位を確固たるものにしようと、私より優れた飛龍を殺そうとしました。軍師や宦官とも手を組んで」

「そなた、何を……」

「もうやめてください、母上。自分のせいで人が死んでいくのを、私はもう見たくないのです！」

振り向いた浩然に肩を掴んで揺さぶられ、皇后の金歩揺が、しゃらしゃらと音をたてる。彼女の顔が人形のように凍りついていった。

「なんということだ。皇族殺しは、下手人の一族を殲滅せねばならんぞ。偽りならば、今すぐ発言を撤回しろ」

動揺を抑えたような皇帝の声が響いた。鳴鈴は思わず顔を上げてしまう。

（また、梁家と同じ悲劇が繰り返されてしまうの？）

浩然は「真実です」と短く言った。息子に懇願され、皇后も罪を認めるように黙ってしまう。

そのときだった。鳴鈴の横にいる飛龍が颯爽と立ち上がる。

「その必要はありません。この通り、私は生きております」

「だが、未遂であっても、この法は適用されるのであって」

皇帝が言い終わらないうちに、飛龍は首を横に振った。

「雪花のときのような悲劇は、もうごめんです。法には解釈の余地というものがある

はず。どうか、ご温情を」

誰よりもその法の残酷さを知っている飛龍の低い声が、その場にいた者たちを黙ら

せる。しばらく続いた沈黙を破ったのは、皇帝だった。

「……わかった。彼らの処分については、よく調査したのちに考えるとしよう」

すぐに結論は出さず、皇帝は彼らをひとまず幽閉するように指示した。

兵士たちが彼らに縄をかけ、牢獄へと連行していく。皇后はうなだれていたが、浩

然は背筋を伸ばし、しっかりとした歩調で歩いていく。

「皇太子殿下、いったいどういうことですの⁉」

皇后の企《たくら》みに関わっていなかったらしい太子妃が、浩然にすがった。浩然は振り返り、そっと太子妃に声をかける。

「ごめん。子供たちのこと、よろしく頼む」

それだけを言い、浩然は太子妃に背を向けた。置き去りにされた太子妃はその場に崩れ落ちる。彼女の嗚咽が、ますますその場の空気を重くした。

（きっと、覚悟していたんだわ）

浩然はあのとき、転んだ鳴鈴の姿を確かに見た。すぐに追っ手を差し向けて捕らえることもできたはずだ。だけど、それをしなかった。

武皇后は卑劣極まりない、許せない悪党だけど、浩然はそうではなかった。優しすぎる性格ゆえ鳴鈴を捕らえられなかった。母親と共に罰を受ける覚悟をしていたのだ。

鳴鈴は静かに、浩然の背中を見送った。

（どうか、彼の勇気が無駄になりませんように。梁家と同じ悲劇が繰り返されませんように）

彼女はそっと飛龍の手を握る。飛龍もまた、彼女の手を握り返した。ふたり一緒に、何かに祈るように。

鳴鈴たちが星稜王府に帰ってひと月。飛龍の傷は奇跡的に完治した。ほとんど元通りになった腕で、稽古だと言って庭で戟を振り回す彼を、鳴鈴は廊下に座り、眩しい想いで見つめる。

剥き出しになった、たくましい上半身に、強い陽射しが降り注ぐ。北の星稜の地にも夏がやってきていた。

「殿下、お妃様。主上からの書状が届きました」

ふたりのいる庭にやってきたのは緑礼だ。例の事件のあと、彼女は王府中の男性に求婚されているという。

「まだ男装を続けるの？　私は女装でも構わないのに」

鳴鈴が言うと、緑礼は口をへの字に曲げる。

「この方が動きやすいので」

それだけ言って、皇帝からだという書状を飛龍に渡すと、さっさと行ってしまった。

「照れているのね」

緑礼は自分の色恋沙汰となると、貝のごとく口を固く閉ざしてしまう。いつか彼女も女性として幸せになってほしいと、鳴鈴は願っていた。

「ところで、なんと書いてあるのです？」

戟を置いて書状を広げる飛龍に問うた。彼はそれに目を通しながら鳴鈴の隣に座る。

「皇后と長兄の処分が決まったそうだ」

「えっ」

身を乗り出した鳴鈴の頭を、飛龍は優しく撫でる。

「ふたりとも廃位され、出家したと。なるほど、世間を捨てるということは、この世で死ぬと同義だからな」

処分されたのは武皇后と浩然、そして武皇后に手を貸した者たちだ。身分の低い者たちは、つらい懲役を科せられた。その中には梁家の生き残りもいたが、命を奪われることはなかった。皇帝が今回だけはと、見て見ぬふりをしてくれたのだろう。

後宮の妃たちは、それぞれ実家に帰されただけで済んだ。子供たちは母親についていくことになった。元貴族の娘だった妃たちは、この先実家の力を借りて、なんとか生きていくのだ。

「皇太子殿下は、有能な方でしたのに……」

残念そうに言う鳴鈴に、飛龍はうなずく。

「立派だったが、肝心なところで皇后を止められなかったからな。命があるだけよかっただろう」

書状にはまだ続きがあるようだった。鳴鈴が飛龍にぴったりと寄り添い、次の言葉を待っていると……。

「なんだと!?」

「ぴええっ」

突然、飛龍が地鳴りのような声で叫んだので、鳴鈴はびっくりして庭に転げ落ちそうになった。

「ど、どうしたのです」

見上げた飛龍の書状を持つ手が、小刻みに震えていた。

「主上……あのお方は、何を考えているのか！」

飛龍は書状を廊下に叩きつけ、自室に入ってしまう。

「あわわ、おそれ多い……」

こんなところを他人に見られたら、謀反人だと思われてしまう。鳴鈴は急いで書状を拾い、綺麗に畳み直そうとした。ついでに書状の続きを自分で読む。

「ええと……浩然皇太子が廃位されたので、次の皇太子に……えっ、えええぇ！」

そこには皇帝の直筆でこう書かれていた。

【星稜王・向飛龍を立太子する。ついては儀式を行うゆえ、妃と共に参内すべし。日程は――】

鳴鈴も遅れて立ち上がる。

（飛龍様が、皇太子に！）

書状を持って自室に駆け込む。すると、飛龍が牀榻の縁に座っていた。

「こ、こ、これ……」

鳴鈴が近づくと、飛龍はくしゃくしゃと頭を掻いた。

「立太子は俺に子ができたら、という条件じゃなかったのか？」

「長いこと皇太子不在では、周りが黙っていないということでしょうか」

「ならば李翔でいいじゃないか。どうして俺なんだ」

苛立つ飛龍は、駄々をこねる子供のようだ。

「……私は、飛龍様でもいいと思いますよ」

「なんだと？」

「飛龍様なら、きっと優れた皇帝になられるでしょう。優しくて、強くて、美しい皇帝陛下！」

　おだてたつもりはなく、本心から出た言葉だった。しかし飛龍は、じとっと鳴鈴を睨んだ。

「政の重責もごめんだが、俺にはもうひとつ拒否したい理由がある」

「もうひとつの理由？」

「皇太子は、より多くの子を残すため、側妃を娶らなきゃならない」

「あっ」

　忘れていた。ただの親王でさえ側妃を持つことが好ましいとされているのに、皇太子が正妃ひとりしか持たないとなると、周りが黙っているだろうか。

（これは大問題だわ！）

　飛龍の出世は喜ばしいし、支えてあげたいと思う。けれど、彼が自分以外の女性を抱くなどとは、想像もしたくない。

「どうしましょう……」

　皇帝の命令を拒否することはできない。なんとかして外されるように、だらしない生活をして、戦に負けてみる？　……そんなとんでもない作戦を真面目に考えている鳴鈴の手を、飛龍が不意に掴んで引き寄せた。

「きゃっ」

転ぶように飛龍の胸に飛び込んだ鳴鈴を、彼は力強く抱きしめた。

「俺はお前だけがいい。他の女はいらない」

「飛龍様……」

「お前が隣で笑っていて、たまに笛を聞かせてくれればそれでいいんだ」

飛龍の言葉は簡単に鳴鈴を舞い上がらせる。

彼の愛情を感じるたび、鳴鈴は胸がいっぱいになって、たちまち泣きそうになる。

(皇太子の務めだとしても、飛龍様が他の女性を抱くのなんて嫌。でも、彼が皇帝になれば、この国はもっとよくなる。争いが少ない、平和な国に……)

飛龍となら、本気で餅を売り歩く庶人になってもいいと思う。しかし彼を餅屋にしておくのは、あまりにもったいない。

「あ、そうだ！」

「ん？」

「子をたくさん残せばいいんでしょう？　では私が側妃の分まで産めばいいんです！」

名案だと思って声を張り上げたが、飛龍が目をぱちくりとさせるのを見て、自分の言ったことをよく考える。

一瞬ののち、彼女は盛大に赤面した。

「いえ、あの、まだひとりも産めるかわからないのに……すみません、今のは忘れてください」

うつむいた鳴鈴のあごが、長い指に捕らわれる。上を向かされた彼女が見たのは、薄く笑う夫の美しい顔だった。

「いや、忘れない。心に刻んだぞ、鳴鈴」

「あの……？」

「よし、わかった。覚悟を決めよう。どうせ逃げられやしない。どんな地位になっても俺らしくやるだけだ。お前は俺についてこい」

ぎゅっと抱きしめられたかと思うと、飛龍は背中から牀榻に倒れ込んだ。鳴鈴はその上にのせられてしまう。

「誰がなんと言おうと、俺の妃はお前ひとりだ。お前がいてくれれば、なんでもできそうな気がしてくる」

彼の長い指が、鳴鈴の赤く色づく唇をなぞる。

「だから……俺の子を産め。なるべく、たくさんな」

口づけられたと思ったら、突如視界が反転した。いつの間にか、飛龍が自分の上に馬乗りになっていた。

あわあわする鳴鈴の帯を素早くほどき、邪魔な髪飾りを外していく飛龍の手は、すっかり怪我をする以前の動きを取り戻していた。

「ま、って、まだ、お昼……っ」

明るい場所で侍女以外に肌をさらすのは初めてだ。鳴鈴は羞恥で赤く染まる。そんな妃を愛おしそうに見下ろし、飛龍は甘ったるい口づけを始める。

「結婚してから今までの分、たっぷり愛してやる」

「今までの分？」

「それが終わったら、これからの分だ」

いつの間にかすべての衣服をはぎ取られていた。飛龍の口づけが体のあちこちに赤い花を咲かせる。

飛龍がする〝恥ずかしいこと〟に、鳴鈴はまだまだ慣れそうにない。気持ちよくないわけではなく、高い声を上げてしまう自分に、なかなか慣れなかった。

（でも、これでいいんだわ）

最初から不器用でちぐはぐだった自分たちが、困難を乗り越えて一緒にいる。きっとこれから、徐々に夫婦らしくなっていけるはず。焦らなくてもいい。

（だって、私とあなたはこれからずっと一緒なんだもの）

どんなことも、少しずつ進めていけばいい。進まなくなったら立ち止まればいい。ふたり一緒にいれば、きっと大丈夫。恥ずかしいことも、怖いことも、きっと克服できる。その先に、もっと大きな幸せが待っているはずだから。

鳴鈴は強い力で抱きしめてくれる飛龍の広い背中に、そっと腕を回した。


飛龍に抱かれながら、夢を見る。

前後に五色の珠玉でできた十二旒の冕冠《べんかん》をつけた飛龍が、小さな赤子を膝にのせている。

争いのない平和で美しい国。暖かい庭で、何人もの子供が駆け回る。

ひとりで生きていこうと思っていた飛龍が、にぎやかな家族に囲まれていた。鳴鈴は飛龍のため、笛を吹く。その音色に子供たちも笑顔になる。

とても温かく幸せな夢は、眠る鳴鈴の目尻から、ひと粒の雫を落とさせた。

飛龍は彼女の頬に口づけ、透明な雫をすくう。

彼もまた幸せな気持ちで眠りについた。

特別書き下ろし番外編
堅物皇太子は太子妃を溺愛する

暗殺未遂から三ヵ月後、無事に儀式を終えて飛龍は正式に皇太子となった。それと同時に、星稜の地から離れ、帝城の東宮に住むことになった。

鳴鈴は殿舎を丸ごとひとつ与えられた。元は太子妃だけでなく、側妃たちもそれぞれ殿舎を与えられていたが、今はどこもがらがらだ。

「東宮って、広いんですのね」

のほほんと各部屋を見て回る鳴鈴の笑顔に、飛龍は隠れてため息をつく。

(皇太子になってしまったはいいが……このがらがらの東宮を見たら、黙っていられない人間がたくさんいるだろうな)

「星稜王府に帰りたくならないか」

問いかけると、鳴鈴は振り返って笑った。

「いいえ。今帰っても、飛龍様はいらっしゃらないもの」

結婚して一年もしないうちに転居を余儀なくされ、鳴鈴だって不安がないはずはない。それでも微笑みかけてくれる彼女を、飛龍は尊く思った。

「困ったことがあれば、なんでも言ってくれ」

「ありがとうございます。緑礼もいてくれるし、きっと大丈夫です」

緑礼は鳴鈴について東宮に来ることをなんの葛藤もなく決めてしまったようだ。彼女を花嫁にと望んでいた星稜の男たちが一斉に肩を落としたのは言うまでもない。

「それより飛龍様こそ……きっと大変なこともあるでしょうけど、私にはなんでも相談してくださいね」

星稜にいるときに愛用していた楽な胡服ではなく、伝統的な漢服を着せられた飛龍の重くなった肩をそっと撫でる鳴鈴。飛龍は近づいた彼女を、長い腕で捕まえた。

「俺も、お前がいてくれたら大丈夫だ」

体を離すと、鳴鈴は嬉しそうに頬を染めて微笑んでいた。


平和な毎日が一日でも長く続くように願う飛龍だったが、皇太子となった彼の問題を容赦なく追及する声は、日に日に高まっていった。皇太子になって半年後、ついに周囲がしびれを切らす。

「なぜ皇太子殿下は側妃を娶ろうとなさらないのです！」

飛龍の手元に、美しい娘の姿絵がどんどん送られてくる。その数は日を追うごとに増えてきた。それらの送り主はすべて有力貴族だった。

「困った。さすがに姿絵は捨てにくい」

「そうそう、無下に焼いたりして祟《たた》りがあったらいけない……って、そういうことを言っているのではありません」

飛龍の執政室で怒鳴るのは、皇帝の右腕とも言われる李尚書《りしょうしょ》だった。長い白髪と髭が自慢の老人だ。

「皇帝陛下にも申したが、俺は側妃を娶る気はない。徐太子妃ひとりでじゅうぶんだ」

椅子に座って素っ気なく答える飛龍に、机を挟んだ向こうから尚書が大きな声で反論する。

「その理由は？」

「徐太子妃しか抱く気にならん」

「それは殿下が他の女性を知らないからです！　殿下には多くの子を残してもらわねばなりません。皇帝陛下はそろそろ生前退位されるご意向を示されており、殿下が次代皇帝に即位する日も遠くないのですぞ！」

（そんなことはわかっている）

耳が遠いからか、空間がわんわんと鳴るくらいの大声で話す尚書に、飛龍は辟易《へきえき》していた。

「他の女性など知りたいとも思わない。徐太子妃との間に子を成せばいいのだろう」

「それはそうです。しかし、殿下。ご結婚なさってから一年以上経つのに、いまだにお妃様にはご懐妊の兆候すら……」

ぎらりと鋭い視線で射抜かれ、尚書は口をつぐんだ。

「鳴鈴にはなんの問題もない。俺に子種がないのだろう」

「いえ、あの、そう決めつけるのはどうかと……」

「皇帝陛下には言っておいてくれ。向飛龍には子種がないから、太子を廃した方がいいと」

姿絵の山の上に、飛龍の厚い手のひらが叩きつけられた。存外大きな音がして、尚書は肩を震わせる。彼を捨て置き、飛龍は部屋の外に出た。

「お、お待ちください。側妃をおすすめするのは、御子の問題だけではありません」

廊下にまで出てきて大声で話す尚書を振り返る。腕組みをした長身の飛龍に睨まれて怯みながら、尚書は進言した。

「このままでは、徐家だけが皇室に次ぐ権力を持つ貴族となってしまいます。権力を一家に集中させることはどうかと」

「それもわかっている」

飛龍は鬱陶しそうに顔の前で手を振った。結納と婚儀のときにしか会ったことはないが、鳴鈴の父親は娘に似て、純朴で真面目な役人だ。野心を持つ性質の男には見えなかった。彼が娘の威光を笠《かさ》に着て、威張り散らすようなことはないと信じたかった。

娘の姿絵を送ってくるのが有力貴族ばかりなのは、そういう理由だ。皆、権力が欲しくて自分の娘を飛龍に差し出そうとする。女子がいない家は、わざわざ養子をもらってまで飛龍に嫁がせようとしているとの噂も絶えない。

「徐家は野心のない良心的な一族だ。心配はいらん」

「ですが、殿下」

「皇帝陛下はなんとおっしゃっている？」

じろりと睨むと、尚書は一瞬だけ黙った。そして言いにくそうに、もごもごと髭の下の口を動かす。

「陛下は、殿下の好きになさればいいと」

皇帝は、飛龍が二十名の美女を受け取らなかったことも覚えているし、彼の命を救うことになった鳴鈴に感謝もしている。ふたりの強い結びつきを感じているのか、彼が側妃を娶るように命令することはなかった。

『側妃の件は、朕からは何も言うまい。あとはおぬしが判断し、決めていくことだ』

飛龍が皇太子になったとき、皇帝はそう言った。おとなしく立太子されたことで、ひとまず満足したらしい。

「ならばいいではないか。俺は断固として、側妃を娶る気はない」

飛龍は尚書から逃げるように、早足でその場から離れた。

(こんなに愛しているのに)

結婚当初の穴埋めをしようというわけではない。飛龍は鳴鈴に触れたくて仕方がなく、肩の怪我が治ってから、鳴鈴の月のものがない日はほぼ毎日、夫婦の閨に通っていた。

最初は鳴鈴を行為に慣れさせることに心を砕いていたが、彼女の緊張がほぐれてきてからは、自分の方が夢中になっていることに気づいた。

小さな唇、丸い頬、細い首、柔らかい胸……何度触れても飽きることはなく、鳴鈴が上げる高い声が掠れて出なくなるまで無理をさせ、結果気を失わせることも何度もあった。

それでも、まだ鳴鈴に懐妊の兆候は、ない。

(俺は何かの罰を受けているのか?)

武将として人を殺しすぎたせいか、梁一族を助けられなかったせいか。考えても仕方ないことを考えている自分に気づき、飛龍は小さく首を横に振った。

(子は授かりものだ。焦ったって仕方ない)

気分を切り替えた飛龍は、鳴鈴が待つ閨に向かった。しかし。

「ごめんなさい、飛龍様。ちょっと具合が悪くて……」

女官たちに整えられた閨の牀榻の上で、鳴鈴は横になっていた。寝化粧をされているが、顔色が悪い。

「どうかしたのか」

「いえ、何もしていないのですけど、なんとなく気分が優れなくて。ごめんなさい」

「謝ることはない。今夜は一緒にいる。ゆっくり休むといい」

髪飾りを外してやり、帯を緩める。すると鳴鈴は楽になったのか、ほっと息を吐いた。しかしその表情は晴れない。

「ごめんなさい。早く懐妊しなくてはいけないのに」

「何を言う」

「だって、さっき近くのお庭を通ったとき、李尚書が大きな声で怒鳴っていたもの」

飛龍は舌打ちをした。あれだけ大きな声で話していれば、鳴鈴の耳に届くのも当然だ。気にしなくていいと言うより先に鳴鈴が言葉を継ぐ。

「実は実家からも文が届いたのです。お父様からでした。飛龍様の立場を考えろ、と。私が、側妃を娶ってほしくなくて駄々をこねているという噂が蔓延《まんえん》しているそうです。そして飛龍様を、若い妃の尻に敷かれる情けない皇太子だと言う者もいるとか」

鳴鈴が言うには、既に彼女は権力を独占するために皇太子に側妃を娶らせない悪女として名を轟《とどろ》かせてしまっているらしい。きっと側妃の座を狙う貴族が悪い噂を流布したのだろう。

「一気に五つ子くらい産めたらいいのに……」

今にも泣き出しそうな鳴鈴が、とんでもないことを言い出す。

「犬じゃないんだ。体を壊す。そんなことを考えるな」

「ではやはり、側妃をお迎えになるべきです。本当は嫌ですけど、仕方ありません。それで飛龍様の評判がよくなるなら……貴族の皆さんの怒りや嫉妬が収まるなら……」

「鳴鈴」

牀榻のそばに跪いた飛龍が、彼女の額を撫でた。鳴鈴の大きな瞳から、涙がひと粒零れた。

「間違えないでほしい。俺は望んで皇太子になったわけじゃない。こんな立場、いつ捨てたって構わない」

「飛龍様……」

「どうにも無理だと思ったら、ふたりで城を抜け出そう。餅を売ってつつましく暮らすことになるが、それでもいいなら」

飛龍が言うと、鳴鈴は涙を拭って微笑む。

「あなたが私の味方だと思うと、とても勇気が湧きます」

「それは俺のセリフだ。いつもありがとう、鳴鈴」

彼女がいなければ、飛龍は今でも、冷たい北の地で孤独な人生を歩んでいたに違いない。

「愛している。これからもずっと、お前だけだ」

飛龍はそっと、顔を赤く染め、潤む瞳で見上げる鳴鈴の額に口づけた。

数日後。

なかなか鳴鈴の体調がよくならず、心配していた飛龍を余計に苛立たせる出来事が起きた。

皇帝に召喚されて大極宮へ向かうと、大広間に通された。そこには何十人という若い女性がずらりと座っていた。その後ろには彼女たちの父親が座っている。

彼女たちの前には、料理や酒が並んでいる。もちろん、皇帝とその横に座る翠蝶徳妃の前にも。まるで大宴会だ。

「今日は何かの行事でしたか？」

眉をひそめて尋ねる飛龍に、皇帝の後ろに立っていた李尚書が答えた。

「殿下を驚かせようと思って、密かに用意していたのです。ささ、こちらへ」

尚書が皇帝の横の席に飛龍を招こうとするが、彼は一歩も動かなかった。

「飛龍、ひとりひとりと見合いをするのは面倒だろう。今日一日で済ませようではないか」

飛龍の好きにすればいいと言っていたはずの皇帝が、そんなことを言う。つまりこれは、貴族たちに納得してもらうための集団見合いだ。この中から飛龍に、側妃を選ばせようと言うのだろう。並んだ女性たちは皆ソワソワしている。

「それはご命令ですか？」

皇帝を見る飛龍の視線があまりに鋭く、周囲の者は身を震わせた。しかし皇帝は不敵に笑う。

「そうだと言ったら？」

飛龍の中で、ぷつんと何かが切れた。冠を取り、ぽいと床に投げ捨てた。

「どうぞ私を庶民に落としてください。離縁していただきたい」

とんでもない発言に、周囲は一気にざわめく。李尚書は青い顔をして、おろおろと狼狽えていた。女性たちは顔を見合わせ、その後ろに控えていた女性の父親、つまり有力貴族たちが立ち上がり、声を張り上げた。

「皇太子殿下、考え直してください。太子妃を廃せとは誰も言っておりません。ただ、尊い血を多く残すために、側妃をおすすめしているだけでございます」

「崔の繁栄のためです。軽々しく皇族の義務を放棄するなど、皇帝陛下に恥をかかせることになりますぞ」

そうだそうだ、と貴族たちが異口同音に唱える。

「黙れ！」

飛龍の大音声が響き、周囲は口をつぐんだ。

「俺は誰がなんと言おうと、徐鳴鈴以外を妃に迎える気はない！　従来通りの皇室を望むのなら、他の者を太子に据えるがいい。俺は辞めさせてもらう！」

くるりと踵を返し、広間を出ていこうとする飛龍を止められる者はいなかった。彼が乱暴に扉を開ける。するとちょうど扉の向こう側にいた女性が転びそうになった。

「きゃあっ！」

「鳴鈴！」

咄嗟に手を出し、転びそうになった妃を支える飛龍。

「どうしてここへ」

「あ、あの、ごめんなさい」

貴族や娘たちが一斉に鳴鈴に非難の視線を浴びせかける。しかし鳴鈴は、それに気づかぬ様子で飛龍を見つめた。

「こちらに来てはいけないと言われたのですが、どうしても飛龍様にお伝えしたいことがありまして」

頬を染め、興奮した様子の鳴鈴。飛龍は首を傾げて言葉の続きを待った。鳴鈴は口を開きかけ、やっと周囲の視線に気づいた。

「飛龍様、お耳を」

手をつけられない猛獣のようだった飛龍が、幼い妃には素直に背を屈め、耳を貸す。そこで囁かれた言葉に、飛龍は目を剥いた。

「本当か？」

飛龍の問いに、鳴鈴は微笑んでこくりとうなずく。

「気づけば月のものが来ていなかったので、もしやと思って……。侍医に見てもらいました。間違いありません」

胸の中に温かいものが湧き上がり、溢れ出すような感覚に飛龍は思わず目頭を押さえた。

「そうか、とうとう懐妊したか」

本人は呟いただけのつもりだったが、静かにしていた周囲にはしっかり聞こえたようだ。

「ははは！　ちょうどよい！　聞いたか、李尚書。太子妃が懐妊したぞ！」

「は、はあ……」

皇帝が膝を打って立ち上がる。飛龍の放り投げた冠を拾い上げ、若いふたりの前に進んだ。飛龍はゆっくりと振り返り、鳴鈴は跪く。

「いいのではないか、飛龍。おぬしならそう言うと思っていた」

「は……」

「そこまで徐太子妃に惚れているなら仕方ない。気が変わるまで、ゆっくりとふたりの時間を楽しむがいい」

皇帝は飛龍に冠を差し出す。飛龍はそれを仕方なく受け取った。

「すまんな、皆の者。こういうわけで、飛龍は今のところ側妃はいらぬそうだ」

「皇帝陛下、ですが」

「あとのことはあとで考えればいい。とにかく今宵は、徐太子妃の懐妊祝いだ。好きなだけ飲み食いしていくがいい」

そう言うと、皇帝自ら酒瓶を持ち、むっつりしている貴族や娘たちの杯に酒を注ぎ始めた。

「陛下、そんなことをしてはいけません！」

「はっはっは。いいのだ、李尚書。時代は変わっていくのだから。皇帝が酌をして何が悪い！」

皇帝の酒を拒めるわけもなく、強引に始まった大宴会は踊り子たちの舞や楽隊の活躍で徐々に盛り上がり、夜更けまで続いた。


鳴鈴の体調を理由に宴会を中座した皇太子夫妻は、閨で枕を並べていた。飛龍は遠慮なく鳴鈴を強く抱きしめる。腹だけは潰さないように気をつけて。

「ありがとう、鳴鈴」

自分の子が、愛する妃の腹の中にいる。その事実はこれ以上ないくらい飛龍の胸を温めた。

（絶対に幸せにする。鳴鈴も、この子も）

決意をして鳴鈴に口づけをする。すると鳴鈴は、くすくすと笑い始めた。

「なんだ」

「ほっとしたのです。飛龍様が怒り出したとき、とても怖くて。でも皇帝陛下があの場をとりなしてくださって、助かりました」

「お前、聞いていたのか！」

珍しく赤くなる飛龍。今思えば、子供のように駄々をこねてしまった。その様子を鳴鈴に聞かれていたと思うと恥ずかしくなる。

「嬉しかったです。飛龍様が他の女性に見向きもしないんですもの。皇族の位まで捨てるとおっしゃるなんて。こんなに幸せなことはありません」

彼女の言う通り、飛龍はここまで幸せそうな鳴鈴の顔を初めて見たような気がした。

「これからもずっと、もっと幸せにしてやらないとな」

「いいえ、飛龍様。そうではありません」

「ん？」

頬を撫でられた鳴鈴が言った。

「私だけ幸せでも意味がありません。一緒に幸せになりましょう」

「そうか……そうだな」

鳴鈴の言葉に納得した飛龍は、笑って彼女に口づけた。

（お前に会えたおかげで、俺は既に幸せだ）

ふたりは手を繋いだまま眠りについた。授かったばかりの新しい命を、ふたりの間で守るようにして。


そのあとも仲睦まじく暮らしたふたり。

飛龍はその命が果てるまで、ついにひとりも側妃を娶ることはなく、変わり者の皇帝として後世に名を残すことになる。

鳴鈴が生涯で産んだ子は、合計七人。それぞれが王宮で多彩な物語を描いていくことになるのだが……それはまた、別の話。


【終】

あとがき

こんにちは。真彩 -mahya- です。こちらの作品をお手に取っていただき、ありがとうございます。

七月刊『クールな外科医のイジワルな溺愛』からは打って変わり、今回は中華風ファンタジーです。

この『中華風』という言葉がクセモノでして。一応、中国の〝唐〟辺りの時代をモデルにして書いていますが、イメージだけで書くと、とっても嘘くさくなるという。例えば、布団でなくてベッドみたいなもので寝ているとか、小豆餡は日本から伝わってきたとか。うっかり普通に布団や和菓子を登場させそうになりました。服も調べて書きましたが、これという詳しい資料が見つからず、かなり苦戦しました。

架空の世界のはずなのに、やたら調べ物が多い。それがファンタジーを書くことだということを思い知らされた一作でした。唐の時代にはまだ普及していなかったものも確信犯で出したりしているので、そこは『中華風ファンタジー』ということで見逃していただけたらと思います。

では、お話の内容について。今回のヒロイン・鳴鈴は、最初からヒーロー・飛龍が大好き。なかなか素直になれないヒロインと違い、最初から恋愛スイッチオンのヒロインはとても書きやすかったです。

当初は『幼妻に翻弄される年上夫』というプロットのはずで、年上夫が、相手が若いから自重してモヤモヤする予定だったんです。しかし、完全に鳴鈴の方が飛龍を愛しすぎていて、『年上夫に相手にされず、悩む幼妻』という、全く逆の話になってしまいました。結果的にはこれでよかったような気がします。皆様にも楽しんでいただけたら幸いです。

最後になりましたが、編集をしてくださった三好様、矢郷様。美しい中華風衣装のふたりを描いてくださった、ぽぽるちゃ様。この作品に関わってくださったすべての方々にお礼申し上げます。

そして、この作品を読んでくださった皆様に心からの感謝を。どうか皆様が幸せな気分になってくださいますように。またお会いしましょう。

真彩《まあや》 -mahya-

真彩 -mahya- 先生への
ファンレターのあて先

〒104-0031
東京都中央区京橋1-3-1
八重洲口大栄ビル7F
スターツ出版株式会社　書籍編集部　気付

真彩 -mahya- 先生

本書へのご意見をお聞かせください

お買い上げいただき、ありがとうございます。
今後の編集の参考にさせていただきますので、
アンケートにお答えいただければ幸いです。

下記URLまたはQRコードから
アンケートページへお入りください。
http://www.berrys-cafe.jp/static/etc/bb

ベリーズ文庫

恋華宮廷記～堅物皇子は幼妻を寵愛する～

2018年12月10日　初版第1刷発行

著　者　真彩 -mahya-
©mahya 2018

発行人　松島 滋

デザイン　カバー　根本直子
フォーマット　hive & co.,ltd.

校　正　株式会社　文字工房燦光

編集協力　矢郷真裕子

編　集　三好技知（説話社）

発行所　スターツ出版株式会社
〒104-0031
東京都中央区京橋1-3-1　八重洲口大栄ビル7F
TEL　販売部　03-6202-0386（ご注文等に関するお問い合わせ）
URL　http://starts-pub.jp/

印刷所　大日本印刷株式会社

Printed in Japan

乱丁・落丁などの不良品はお取替えいたします。
上記販売部までお問い合わせください。
定価はカバーに記載されています。

ISBN 978-4-8137-0585-7　C0193

ベリーズ文庫 2018年12月発売

『目覚めたら、社長と結婚してました』 黒乃《くろの》梓《あずさ》・著

事故に遭い、病室で目を覚ました柚花は、半年分の記憶を失っていた。しかもその間に、親会社の若き社長・怜二と結婚したという衝撃の事実が判明！　空白の歳月を埋めるように愛を注がれ、「お前は俺のものなんだよ」と甘く強引に求められる柚花。戸惑いつつも、溺愛生活に心が次第にとろけていき…!?

ISBN 978-4-8137-0580-2／定価：本体650円＋税

『蜜月同棲～24時間独占されています～』 砂原《すなはら》雑音《のいず》・著

婚約者に裏切られ、住む場所も仕事も失った柚香。途方に暮れていると、幼馴染の御曹司・克己に「俺の会社で働けば？」と誘われ、さらに彼の家でルームシェアすることに!?　ただの幼馴染だと思っていたのに、家で見せるセクシーな素顔に柚香の心臓はバクバク！　朝から晩まで翻弄され、陥落寸前で…!?

ISBN 978-4-8137-0581-9／定価：本体640円＋税

『エリート弁護士は独占欲を隠さない』 佐倉《さくら》伊織《いおり》・著

弁護士事務所で秘書として働く美咲は、超エリートだが仕事に厳しい弁護士の九条が苦手。ところがある晩、九条から高級レストランに誘われ、そのまま目覚めると同じベッドで寝ていて…!?　「俺が幸せな恋を教えてあげる」――熱を孕んだ視線で射られ、美咲はドキドキ。戸惑いつつも溺れていき…。

ISBN 978-4-8137-0582-6／定価：本体660円＋税

『極上恋愛～エリート御曹司は狙った獲物を逃がさない～』 滝井《たきい》みらん・著

社長秘書の柚月は、営業部のイケメン健斗に「いずれお前は俺のものになるよ」と捕獲宣言をされ、ある日彼と一夜を共にしてしまうことに。以来、独占欲丸出しで迫る健斗に戸惑う柚月だが、ピンチの時に「何があってもお前を守るよ」と助けてくれて、強引だけど、完璧な彼の甘い包囲網から逃れられない!?

ISBN 978-4-8137-0583-3／定価：本体630円＋税

『ベリーズ文庫 溺甘アンソロジー1 結婚前夜』

「結婚前夜」をテーマに、ベリーズ文庫人気作家の若菜モモ、西ナナヲ、滝井みらん、pinori、葉月りゅうが書き下ろす極上ラブアンソロジー！　御曹司、社長、副社長、エリート同期や先輩などハイスペックな旦那様と過ごす、ドラマティック溺甘ウエディングイブ。糖度満点5作品を収録！

ISBN 978-4-8137-0584-0／定価：本体650円＋税

タイトル、価格等は変更になることがございますのでご了承ください。

ベリーズ文庫 2018年12月発売

『恋華宮廷記～堅物皇子は幼妻を寵愛する～』 真《ま》彩《あや》-mahya-・著

貴族の娘・鳴鈴に舞い込んだ縁談の相手は、賊に襲われたところを助けてくれた武人・飛龍。なんと彼は皇帝の子息だった！彼に恋情を寄せていた鳴鈴だが、堅物な彼は結婚後も一線を引き、鳴鈴を拒絶。しかしある日、何者かに命を狙われた鳴鈴を救った飛龍は、これまでと違い、情熱的に鳴鈴を求めて…!?

ISBN 978-4-8137-0585-7／定価：本体640円＋税

『クール公爵様のゆゆしき恋情』 吉澤《よしざわ》紗《さ》矢《や》・著

貴族令嬢のラウラは、第二王子のアレクセイと政略結婚が決まっていた。彼に愛されていないと不安に思ったラウラは、一方的に婚約を解消。実家に引きこもっていると、新たな婚約の話が舞い込んでくる。相手は顔も名前も知らない公爵。アレクセイのことを忘れようと、ラウラは結婚の話を受けるけれど…。

ISBN 978-4-8137-0586-4／定価：本体630円＋税

『不本意ですが、異世界で救世主はじめました。』 白石《しらいし》まと・著

植物研究所で働くOLのまゆこは、ある日の仕事帰り転んで暗い穴に落ち…、気づいたらそこは異世界だった！まゆこは公爵のジリアンに呪いを解くために召喚されたのだった。突然のことに驚くまゆこだったけど、植物の知識を活かしてジリアンを助けるのに尽力。そして、待っていたのは彼からの溺愛で…!?

ISBN 978-4-8137-0587-1／定価：本体650円＋税

ベリーズ文庫 2019年1月発売予定

Now Printing

『月満チテ、恋ニナル』 水守《みずもり》恵蓮《えれん》・著

事務OLの莉緒は、先輩である社内人気ナンバー1の来栖にずっと片思い中。ある日、ひょんなことから来栖と一夜を共にしてしまう。すると翌月、妊娠発覚!? 戸惑う莉緒に来栖はもちろんプロポーズ！ 同居、結婚、出産準備と段階を踏むうちに、ふたりの距離はどんどん縮まっていき…。順序逆転の焦れ甘ラブ。

ISBN 978-4-8137-0599-4／予価600円＋税

Now Printing

『いけばな王子は永遠の愛を信じたい』 美森《みもり》萠《めぐむ》・著

父親の病気と就職予定だった会社の倒産で、人生どん底の結月。ある日、華道界のプリンス・智明と出会い、彼のアシスタントをすることに！ 最初は上品な紳士だと思っていたのに、彼の本性はとってもイジワル。かと思えば、突然甘やかしてきたりと、結月は彼の裏腹な溺愛に次第に翻弄されていき…。

ISBN 978-4-8137-0600-7／予価600円＋税

Now Printing

『最高の恋はキミとだから』 紅《くれない》カオル・著

老舗和菓子店の娘・奈々は、親から店を継いだものの業績は右肩下がり。そんなある日、眉目秀麗な大手コンサル会社の支社長・晶と偶然知り合い、無償で相談に乗ってもらえることに。高級レストランや料亭に連れていかれ、経営の勉強かと思いきや、甘く口説かれ「絶対にキミを落とす」とキスされて…!?

ISBN 978-4-8137-0601-4／予価600円＋税

Now Printing

『ツンデレ専務とラブファイト！』 藍里《あいさと》まめ・著

OL・莉子は、両親にお見合い話を進められる。無理やり断るが、なんとお見合いの相手は莉子が務める会社の専務・彰人で!? クビを覚悟する莉子だが、「お前を俺に惚れさせてからふってやる」と挑発され、互いのことを知るために期間限定で同居をすることに!? イジワルに翻弄され、莉子はタジタジで…。

ISBN 978-4-8137-0602-1／予価600円＋税

Now Printing

『あの夜のこと、疑わしきは罰せず』 あさぎ千《ち》夜《よ》春《はる》・著

食堂で働く小春は、店が閉店することになり行き場をなくしてしまう。すると店の常連であるイケメン弁護士・閑が、「俺の部屋に来ればいい」とまさかの同居を提案！ しかも、お酒の勢いで一夜を共にしてしまい…。「俺に火をつけたことは覚悟して」――以来、閑の独占欲たっぷりの溺愛が始まって…!?

ISBN 978-4-8137-0603-8／予価600円＋税

タイトル、価格等は変更になることがございますのでご了承ください。

ベリーズ文庫 2019年1月発売予定

『ウェスタの巫女』 星野《ほしの》あたる・著

Now Printing

ウェスタ国に生まれた少女レアは、父の借金のかたに、奴隷として神殿に売られてしまう。純潔であることを義務づけられ巫女となった彼女は、恋愛厳禁。ところが王宮に迷い込み、息を呑むほど美しい王マルスに見初められる。禁断の恋の相手から強引に迫られ、レアの心は翻弄されていき…!?

ISBN 978-4-8137-0604-5／予価600円＋税

『天江国寵妃譚～強制された婚姻と皇帝の初恋～』 及川 桜《おいかわさくら》・著

Now Printing

人の心の声が聴こえる町娘の朱熹。ある日、皇帝・曙光に献上する食物に毒を仕込んだ犯人の声を聴いてしまう。投獄を覚悟し、曙光にそのことを伝えると…「俺の妻になれ」――朱熹の能力を見込んだ曙光から、まさかの結婚宣言!?　互いの身を守るため、愛妻のふりをしながら後宮に渦巻く陰謀を暴きます…！

ISBN 978-4-8137-0605-2／予価600円＋税

『異世界で崖っぷち王子を救うため、王宮治療師はじめます』 涙鳴《るいな》・著

Now Printing

看護師の若菜は末期がん患者を看取った瞬間…気づいたらそこは戦場だった！　突然のことに驚くも、負傷者を放っておけないと手当てを始める。助けた男性は第二王子のシェイドで、そのまま彼のもとで治療師として働くことに。元の世界に戻りたいけど、シェイドと離れたくない…。若菜の運命はどうなる?

ISBN 978-4-8137-0606-9／予価600円＋税